TROIS HÉROS

TROIS HÉROS

PAR

AIMÉ GIRON

ALBUM CONTENANT
26 DESSINS EN COULEURS
et 11 gravures en noir

Par JOB

PARIS
LIBRAIRIE HACHETTE ET Cie
79, BOULEVARD SAINT-GERMAIN, 79

1894

TROIS HÉROS

I

C'était en 1850. Dans un petit bourg situé au bord de la Loire, non loin de la ville du Puy, vivait une pauvre jeune veuve sans famille et sans ressources. « Vivait » est déjà un mot bien gros, quand je songe à ses fatigues et à ses misères. « Vivotait » serait plus vrai. Elle vivotait donc d'un bien *maigre* salaire de lavandière, et il faut savoir le peu que gagne et le peu que mange une lavandière, pour se faire une juste idée de ce que signifie ce maigre adjectif.

De quelques mois de mariage il était resté à la malheureuse jeune femme un petit garçon qui avait près de six ans aujourd'hui et que tout le monde appelait Petit-Jean.

PETIT-JEAN RÊVA D'UN POLICHINELLE.

Efflanqué, hérissé comme un chat de gouttière, Petit-Jean avait l'échine souple, les jambes solides, toujours rampant sur les galets ou barbottant dans l'eau. Du reste, l'esprit très éveillé et le cœur excellent. La mère battait et tordait son linge, du matin jusqu'au soir, accroupie des deux genoux sur la berge du fleuve tandis que son enfant s'amusait à vagabonder et à gambader en liberté avec tous les marmots du bourg. Tout cela pêle-mêle jouait et se disputait. Vêtu à peu près, nourri tant bien que mal, élevé à la diable, Petit-Jean, lui, était le plus délabré, le plus affamé, le plus dénué. Dans cette fréquentation, Petit-Jean avait appris qu'il est des fêtes où par les cheminées tombent du ciel, dans les sabots et les souliers, des bonbons, des trompettes, des pantins. Il le savait, pour l'avoir entendu dire à ses petits camarades et pour avoir vu entre leurs mains quelques-uns de ces merveilleux trésors. Lui, n'avait jamais rien reçu ni du Jésus de Noël ni du Père Janvier. Sa mère, ces jours-là, l'embrassait davantage, voilà tout.

Petit-Jean, après avoir beaucoup admiré les coqs en sucre et les soldats en plomb de ses camarades, avait fini par les envier, mais tout bas.

LA MÈRE DE PETIT-JEAN LAVAIT LE LINGE DES AUTRES.

Instinctivement il comprenait que ces bonnes et belles choses sont pour les riches, et qu'ils étaient pauvres, eux, puisqu'ils ne mangeaient continuellement que de la soupe, et que sa mère lavait le linge des autres.

Noël allait venir. Les enfants, le long de la Loire, en parlaient beaucoup déjà et se demandaient entre eux ce que le petit Jésus leur apporterait bien cette année. Petit-Jean écoutait, ne soufflait mot, ne courait plus et, chaque soir, il revenait au logis, derrière sa mère, rêveur et muet. Au bout de quelques jours, la lavandière s'aperçut que l'enfant ne mangeait pas et ne dormait guère. Elle s'inquiéta. Allait-il être malade? Non, puisqu'il avait toujours ses grosses joues rebondies, ses superbes couleurs rouges; il n'était que triste.

Mon Dieu! quoi donc pouvait l'attrister ainsi? A cet âge, on n'a ni peines, ni tourments, ni soucis.

Voilà notre pauvre mère qui cherche et qui questionne, la tête et le cœur à l'envers. Hélas! elle finit par apprendre que Petit-Jean, lui aussi, attendait Noël, redoutant que, cette année comme les années précédentes, le petit Jésus ne laissât rien tomber chez eux par la hotte de la cheminée. Leur pauvre réduit était si perdu dans le bourg, et le toit en était si bas! Cette crainte le jetait dans la désolation et lui donnait la fièvre, surtout quand il songeait aux polichinelles. En effet, jour et nuit, Petit-Jean rêvait d'un polichinelle.

DES JOUETS VARIÉS ÉTAIENT A L'ÉTALAGE DU BAZAR.

Maintenant que sa mère savait le fin mot de son secret et de sa convoitise, il ne l'entretenait que de ce polichinelle, tant désiré et si peu espéré.

La pauvre mère fut atterrée. Mais le gain de huit journées de travail ne suffirait pas à le payer — ce polichinelle — et il fallait au moins que le petit mangeât son compte. Que faire? Elle ne se sentait plus de courage au cœur et de force aux poignets. On le comprenait à son battoir, qui ne frappait que mollement sur le linge mouillé. Oui, que faire? Que dire surtout à son enfant? Elle en rumina toute la journée, les mains dans l'eau de la rivière. A la fin, elle se décida pour un mensonge. C'était certainement très mal de mentir et de tromper son fils. Mais elle n'en savait pas bien long et elle ne trouvait pas mieux. Mon Dieu, qu'elle avait donc le cœur gros et qu'elle était à plaindre!

« Mon pauvre Petit-Jean, dit-elle le soir, j'ai une mauvaise nouvelle à t'annoncer : il n'y aura point de distribution de jouets, cette année, à Noël.

— Pourquoi cela, mère ? interrogea Petit-Jean d'une voix désolée.

— Le petit Jésus est malade, paraît-il.

— Oh !

— Oui, appuya la lavandière en tremblant. Il ne fera des cadeaux aux enfants que l'an prochain. Mais ils seront, certes, plus beaux.

— Quel malheur ! exclama Petit-Jean, et pourvu qu'il guérisse ! »

La mère soupira, et pour la première fois depuis une semaine, elle retrouva quelque tranquillité. Le désir de son cher enfant l'avait si fort tourmentée ! Petit-Jean, lui, au contraire, rêva à ce que lui avait dit sa mère, et dormit peu. La maladie du Jésus de Noël lui trottait par la cervelle. Le lendemain, à l'aurore, la mère et l'enfant étaient sur les bords de la Loire : elle, savonnant, frottant, battant, trempant, rinçant, avec plus d'énergie et de vigueur ; lui, courant, sautant, babillant, creusant le sable, lançant des cailloux.

Quand, au crépuscule, ils regagnèrent le logis, l'enfant avait repris sa mine triste et soucieuse et ses yeux chagrins de la veille.

« Qu'as-tu donc encore ? recommença la lavandière redevenue inquiète.

— J'ai... que le petit Jésus n'est pas malade du tout.

— Qui te l'a dit ?

— Les autres. Ils se sont moqués de moi. Ils attendent même « des magnifiques polichinelles », ajouta l'enfant dans un soupir monté de son cœur comme une bulle de savon et qui vint crever sur ses lèvres.

La mère, consternée, n'avait rien à répondre. Elle garda le silence, mais sur ses épaisses mains rouges tomba une larme. Elle passa une nouvelle nuit blanche, tandis que Petit-Jean, jusqu'au jour, rêva d'un polichinelle. Toute la semaine il en fut de même. L'enfant ne s'amusait plus ; il avait l'air d'un petit oiseau dont l'aile est froissée ou la patte cassée. La pauvre mère n'y put tenir. Un soir, elle balbutia à Petit-Jean :

« Hé bien, ne pleure plus. Demain j'irai à la ville, chez Monseigneur l'Évêque, pour savoir si vraiment petit Noël n'est pas malade — comme je le croyais.

— Et tu penses qu'il me donnerait alors un polichinelle ?

— Certainement. »

L'enfant sauta au cou de sa mère et l'embrassa follement :

« S'il allait pourtant avoir fini sa provision de surprises quand il passera par chez nous, ou s'il allait m'oublier, ou ne pas voir notre cheminée ?

— Sois tranquille ! Il ne voudrait faire de peine à personne. »

Le lendemain, la mère de Petit-Jean se leva, les yeux bouffis et battus. Elle coupa à Petit-Jean un morceau de pain, et sa main tremblait comme une feuille. Elle ne descendit pas à la Loire et mit sa robe des dimanches — celle qui n'avait ni taches, ni trous. Puis, recommandant à Petit-Jean d'être sage, elle partit pour se rendre chez Monseigneur l'Évêque. L'enfant l'avait embrassée à tour de bras, si content! Elle aurait dû être contente aussi, et cependant, tout le long du chemin, elle marcha tête baissée, en soupirant, en pleurant, tantôt pâle comme la neige qui avait persisté au revers des fossés, tantôt rouge comme les tuiles des maisons plantées sur la route.

Quand elle releva la tête, elle se trouvait à la ville, et juste devant un bazar. Elle s'arrêta, dévorant du regard cet étalage de fin d'année où brillaient tant de soldats de plomb, où pendaient tant de chevaux de bois. Ici, les poupées à la mise élégante avec des aigrettes sur le front; là, les polichinelles habillés d'écarlate et d'azur avec leurs ficelles au bout des membres et leurs grelots sur toutes les coutures. C'est sur ces joyeux bossus que les deux yeux de la pauvre femme se fixèrent. Accrochés en grappe à un clou, bras ballants, jambes pendantes, ils semblaient lui éclater de rire au visage, avec leur figure cramoisie si comique et leur grand nez si busqué; un surtout, en sabots pointus, en chapeau cornu, et qui portait, à cheval sur sa bosse de derrière, un singe minuscule en peluche noire, la queue retroussée, fort grimaçant et très drôle. « Ah! c'est immanquablement celui-là que Petit-Jean choisirait », pensa la pauvre mère. Hélas! il devait coûter bien cher! Elle le considérait, pâle, inquiète, troublée. Enfin elle le marchanda. Trois francs. Trois francs? Mais jamais elle ne pourrait!... Elle crut entendre tout à coup pleurer son Petit-Jean. Elle n'y tint plus, cette fois.

PETIT-JEAN PARTIT, SON POLICHINELLE A LA MAIN.

Elle étendit machinalement la main vers le merveilleux petit homme d'étoffe et de bois, le décrocha, le tourna, le retourna, l'examinant, le palpant. Tant pis! son chéri l'aurait. Noël n'arrivait que dans huit jours, et en ne mangeant que juste quelques bouchées de pain et en lavant très tard dans la nuit, elle gagnerait et économiserait bien les trois francs. Elle ne mourrait pas d'un peu plus de fatigue et d'un peu plus de faim. Et elle donnerait ainsi quelque bonheur à son pauvre petit. Mon Dieu! pourquoi faut-il tout de même que l'on soit si pauvre et que l'on aime tant ses enfants! Pendant huit jours elle fit ce qu'elle avait décidé, et la veille de Noël elle alla à la ville, très heureuse, car Petit-Jean maintenant dormait, mangeait, et riait.

Petit-Jean l'eut en effet, son polichinelle, le lendemain, dès l'aube. Il le trouva sur ses sabots fendus et il poussa des cris de ravissement. Comme il embrassait sa mère ! Ah ! Monseigneur l'Évêque avait joliment bien fait la commission au petit Jésus tout de même !

Le lendemain, la lavandière reprit sa dure besogne, remit les genoux dans les galets et les bras dans l'eau, se sentant lasse aujourd'hui seulement des privations et des travaux de cette rude semaine. Plus un sou à la maison; il lui fallait absolument se rendre à la ville pour réclamer à certaines clientes quelques francs en retard. Petit-Jean avait déjeuné avec le dernier morceau de pain. Elle, ne but qu'un verre d'eau.

« Sois bien sage, Petit-Jean, et embrasse-moi. Surtout ne t'ennuie pas. Amuse-toi de ton mieux. Je reviendrai bientôt. »

Le petit, la bouche encore pleine et le pantin sous son bras, haussa ses lèvres jusqu'à la joue de sa mère. Il ne restait pas seul, puisqu'il avait son polichinelle. Oh non ! Elle, se mit en route et lui, revint à son jouet.

La lavandière atteignit difficilement la ville. Qu'avait-elle donc? Ses jambes ne la portaient plus. Elle voyait des flammes danser devant ses yeux, elle entendait des cloches sonner dans ses oreilles. Tout à coup, au coin d'une rue déserte, sur une borne, elle tomba comme assommée, blême et froide. Qui était-elle ? Personne ne la connaissait. On la transporta à l'Hospice. Elle revint à elle avec la fièvre, le délire. « Nous verrons dans deux ou trois jours », dit le docteur.

Jusqu'au soir, Petit-Jean s'amusa le long de la Loire, bien que soufflât une aigre brise. Comment se serait-il ennuyé avec son polichinelle ? Il ne pouvait se lasser de le regarder, de tirer ses ficelles, de secouer ses grelots. Il le montrait triomphalement à tous et riait de toutes ses dents. Quand vint la nuit, il rentra, attendant sa mère pour qu'elle le fît souper et coucher. Son polichinelle l'empêcha de sentir qu'il avait très faim, et sans s'en apercevoir, il s'endormit auprès du feu qu'il avait allumé selon l'habitude, quand sa mère s'attardait à la gravière.

Le lendemain, il se réveilla de grand matin, le corps engourdi, l'estomac tiraillé. Il appela sa mère. Elle ne lui répondit point, et il ne la trouva ni dans son lit ni devant le foyer. Cette fois, la peur le saisit. Il sortit en pleurant et courut frapper chez une voisine. La voisine commença par servir une soupe bouillante à l'enfant, puis s'enquit de la mère, que tout le monde avait vue partir la veille, mais que personne n'avait vue revenir.

La voisine dit à Petit-Jean que sa mère rentrerait probablement bientôt et que jusque-là elle le garderait. A sept ans, les enfants ne s'inquiètent pas beaucoup et ne demandent pas de grandes explications. Et puis, Petit-Jean avait toujours son polichinelle. Son cher jouet suffit à l'occuper tout le jour. Le lendemain cependant, il redemanda sa mère et recommença à pleurer. Le voisinage, préoccupé de l'absence de la brave lavandière, babillait, supposait, attendait encore avant de se décider à faire les recherches nécessaires. L'enfant

— son petit cœur plein de larmes, sa petite cervelle pleine de projets — décida, sans en parler à qui que ce soit, d'aller à la ville chercher sa mère. Il savait qu'on s'y rendait ou qu'on en revenait par la grande route qui traverse le bourg.

Son polichinelle à la main, le voilà parti, et il avance, il avance ainsi en pays inconnu. Enfin, la route s'engage et s'allonge entre deux rangées de maisons, deux vrais montagnes de fenêtres et de toits. Ce devait être la ville. Encore un instant et il embrasserait maman. Bientôt il s'enfonça dans un dédale de rues. Y en avait-il, des rues ! Personne naturellement ne faisait attention au gamin. Chacun était à sa besogne ou courait à ses affaires. Tout le soir il marcha devant lui ou revint sur ses pas, et, surpris par la nuit, bien fatigué, bien désolé, il s'étendit, l'estomac vide, au seuil d'une porte cochère contre laquelle on avait entassé des bottes de paille. Grâce à la paille, il n'eut pas froid et dormit d'un somme.

DEUX SOLDATS PORTAIENT UNE MARMITE FUMANTE.

Au point du jour, il se leva, se secoua, se remit à errer à l'aventure, un peu brisé, très affamé et son petit cœur gonflé de tristesse. Cette fois, il se repentit d'avoir quitté la voisine de là-bas; cette fois, il se sentait bien malheureux. Il était arrivé dans les hauteurs abandonnées de la ville, où il rencontrait de loin en loin des gens aux vêtements délabrés, à la figure étirée, qui se dirigeaient tous du même côté. Ils avaient l'air aussi tristes et aussi affamés que lui. Il marcha derrière eux, à distance, traînant ses pauvres petits pieds si endoloris, si glacés dans leurs sabots fendus. Il arriva de la sorte en face d'une grande bâtisse toute blanche, avec des fenêtres, des fenêtres, toujours des fenêtres les unes sur les autres. Une vaste cour la précédait, au portail de laquelle s'arrêtaient les gens qu'il avait suivis.

C'était une caserne, que Petit-Jean reconnut bientôt pour la maison des soldats. Il en avait assez vu défiler dans le bourg — des soldats — avec leurs tambours, leur musique, leurs fusils reluisants, leurs pantalons rouges et leurs képis en crêtes de coq. Il reconnut les képis et les pantalons. Ah ! il les aimait joliment, les militaires, et il les escortait toujours un bout de chemin en essayant de mettre au pas ses petites jambes. Le plaisir de les revoir fit oublier un moment à Petit-Jean qu'il avait froid et qu'il avait faim. Sans tambours ni trompettes, aujourd'hui, ils allaient, venaient, entraient, sortaient, chantant, sifflant, riant. Pendant qu'il était là, regardant de tous ses yeux, immobile, il remarqua une chose curieuse.

Du fond de la cour, vers le portail, s'avançaient deux soldats qui portaient par ses oreilles de fer une énorme marmite fumante. A côté marchait gravement — les mains dans ses poches et la pipe entre les dents — un vieux sergent avec des zigzags d'or sur sa manche et une balafre au travers de la figure. Derrière le sergent, un caniche — sorte de noire toison vivante — trottinait des quatre pattes en tirant la langue.

A la vue de cette marmite, tous les deguenillés ramassés au portail de la caserne s'épanouirent du visage, sortant aussitôt de dessous leurs haillons, qui un pot, qui une écuelle. Cette marmite contenait tout ce que le régiment avait laissé de soupe dans ses gamelles ou ce qu'il en était resté au fond des bassines sur les fourneaux. Chaque matin, la caserne faisait ainsi l'aumône et la distribution de son superflu aux pauvres de la ville. Ceux-ci s'approchèrent, et sous la surveillance du sergent, les deux soldats emplirent les pots et les écuelles tendus. Chaque pauvre diable se retirait ensuite à quelques pas, et, debout contre le mur ou assis par terre, il engloutissait sa part avec un appétit féroce.

Petit-Jean, tout d'abord, ne songea pas qu'il n'avait rien mangé depuis la veille à midi. Il n'eut d'attention et des regards que pour le sergent et le chien. Le sergent avait la parole brusque, le ton bref et cassant, mais la physionomie si joviale ! On devinait tout de suite que c'était un bon vivant et un bon enfant. Sur ses grosses moustaches et sur ses cheveux courts on eût dit qu'avait été jeté du poivre et du sel à poignées. Et quel air crâne lui donnait cette cicatrice de travers qui coupait en deux son large visage rubicond ! Le chien était son compagnon, son ami — on le devinait aussi, car l'animal levait continuellement vers lui sa tête ronde, enfouie tout entière sous de longs poils noirs, comme sous une perruque trop ample. Deux fins petits yeux dardaient là-dessous, qu'on entrevoyait à peine et parfois. Petit-Jean sut bientôt que le caniche s'appelait Barbuche, et le sergent, Fougasse. Deux drôles de noms, mais qui inspirèrent à l'enfant autant de curiosité que de respect.

Quand l'enfant eut bien considéré l'homme et l'animal, entendu gronder l'un et grogner l'autre, il sentit son estomac crier famine. Son jeune appétit semblait s'être réveillé tout à coup à cette appétissante odeur chaude qui montait des entrailles de la marmite. Il ne résista pas longtemps à la tentation, et, s'approchant comme les autres, il eût bien fait comme eux s'il eût eu un récipient quelconque à la main. Il les regardait donc d'un certain petit air jaloux, embarrassé, navré, plein de gentillesse comique et qui frappa le vieux sergent.

« Dans quoi et avec quoi prétends-tu manger, toi, galopin ? demanda-t-il. Est-ce que, comme Barbuche, tu mangerais, la truffe dans le plat ?

— Non, Monsieur Fougasse, répondit timidement Petit-Jean.

— Eh bien, alors, où est ton écuelle ?

— Elle est chez nous et j'ai joliment faim tout de même, Monsieur Fougasse.

— Attends ! Y aura bien par là une gamelle qui ne sera pas de service. »

Le sergent rentra dans la cour et reparut avec une énorme écuelle de fer-blanc, dans laquelle il versa lui-même deux petites louchées de soupe.

« Avale-moi ça, polisson, et prends garde surtout de ne pas tomber dans l'ustensile. Tu t'y noierais comme un poussin. »

Petit-Jean jeta un premier regard de gratitude au sergent et un second de convoitise à la soupe. Puis, rondement et goulûment, il se mit à puiser dans la gamelle. Le caniche vint rôder par là et s'approcha de lui comme des autres, quêtant de l'œil, quêtant du nez, pour recevoir un bout de croûte ou quelques bribes de mie. Un chien a presque toujours faim, et quand il voit manger quelqu'un, il ne manque jamais de solliciter, de mendier, sans vergogne et sans découragement. Mais tous ces pauvres meurt-de-faim avaient l'estomac si vide et le ventre si creux qu'ils faisaient la sourde oreille et l'œil bouché. C'est à regret — pour complaire au sergent, s'il les voyait — qu'ils jetaient à son caniche un soupçon de quelque chose.

L'ENFANT PASSA LA NUIT SOUS LE PORCHE DE NOTRE-DAME.

Petit-Jean, qui aimait les bêtes et qui avait bon cœur, tendait franchement à Barbuche des cuillerées copieuses, et ils déjeunaient ainsi de compagnie et en vrais frères. Voilà qui flatta, amusa, et attendrit singulièrement le vieux grognard. Il riait de toutes ses forces et trouvait le petit à son goût. Barbuche pensait en dedans comme son maître et riait aussi à sa manière, si bien que, sans plus, le soldat, le chien et le gamin sympathisèrent immédiatement.

Tout à coup une batterie de tambour retentit dans la vaste cour : « Allons, et hop ! galopin, dit Fougasse. En deux temps, deux mouvements, vide le fond de ta cuisine. Te voilà lesté pour aujourd'hui, et au revoir — si le cœur t'en dit ! »

Le chien se disposait à suivre le sergent, et, tandis que l'enfant rendait la gamelle, l'animal envoyait sournoisement à son nouvel ami deux ou trois coups de langue sur la main.

« Au revoir et à demain, si le cœur t'en dit ! » avait conclu le sergent Fougasse. L'enfant n'oublia point ses dernières paroles.

Le lendemain, après une nuit passée sous le porche de Notre-Dame, blotti entre deux énormes piliers, Petit-Jean revenait en effet. C'est qu'après une troisième journée de recherches inutiles il avait terriblement besoin, ce matin, d'ingurgiter quelque chose de chaud.

PETIT-JEAN PUISA DANS LA GAMELLE.

L'enfant attendait donc impatiemment la grande marmite. Enfin, comme la veille, elle apparut fumante, portée par deux soldats et toujours escortée du sergent et du caniche.

« Tiens, te voilà, moutard ? » exclama Fougasse lorsqu'il aperçut Petit-Jean au milieu de tous les autres malheureux qui venaient demander l'aumône de la soupe.

Barbuche avait aperçu l'enfant et il s'était précipité de son côté en remuant la tête et la queue, ce qui, chez la race canine, est à la fois un signe de politesse, de plaisir et de tendresse. Petit-Jean, tout simplement et très cordialement, le saisit par les deux oreilles et l'embrassa sur le museau. On ne pouvait se parler et s'entendre mieux. Le sergent, charmé, laissa un rire bruyant éclater sous ses moustaches.

Cette fois, l'enfant et le chien partagèrent tout le contenu de la gamelle avec la plus scrupuleuse impartialité, nez à nez, les yeux dans les yeux.

Fougasse, occupé à présider la distribution, dit à Petit-Jean entre deux bouffées de tabac :

« Comment se fait-il que tu sois là, à ton âge, tout seul ? Tu peux te vanter de m'intriguer. Nous allons causer ensemble dans un instant. »

Mais l'instant ne venait jamais. D'abord le sergent dut « flanquer à la salle de police » un de ses hommes qui ne lui avait pas parlé poliment. Il lui fallut ensuite répondre aux questions d'un lieutenant qui n'en finissait plus. Aussi, quand le tambour se mit à rouler comme la veille, Fougasse n'eut que le temps de crier à Petit-Jean :

« Tu reviendras sans doute demain? En attendant, par file à droite, droite, et sauve-toi ! »

Petit-Jean ne tarda pas à détaler comme les autres, non sans s'être livré pourtant, pendant quelques secondes avec son ami Barbuche, à un très vif échange de caresses.

II

Le lendemain, à l'heure de la distribution, Petit-Jean se retrouvait effectivement à la porte de la caserne. Mais, va te promener ! ni sergent, ni chien, ni marmite. Quelle déconvenue pour la clientèle habituelle de la caserne ! La caserne, la cour étaient en complet remue-ménage. Le régiment allait partir, non pour une parade ou une manœuvre, mais pour une première étape, suivie de beaucoup d'autres, avec une nouvelle garnison au bout, là-bas, fort loin dans le Midi.

LE RÉGIMENT SE METTAIT EN MARCHE.

Les soldats étaient prévenus depuis quelques jours ; mais un ordre arrivé la veille brusquait le départ, et les troupiers n'avaient eu que le temps de payer leurs dettes, de serrer quelques mains amies, de faire leur sac et en route ! Petit-Jean vit le régiment tout guêtré, bien astiqué, sortir de la caserne, tambours battant, clairons sonnant; les soldats, fusil sur l'épaule, la musette au flanc et le fourniment au dos.

Petit-Jean comprit que l'obligeant sergent Fougasse et l'aimable Barbuche s'en allaient

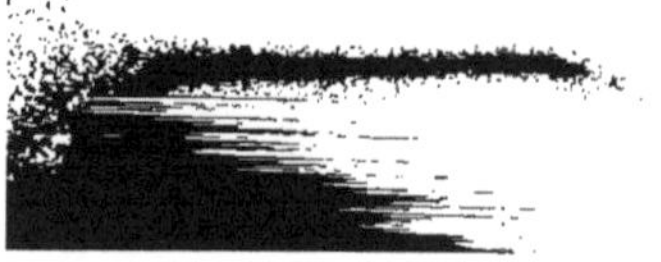

pour tout de bon. Il eut le cœur gros, non parce qu'il se passerait de soupe aujourd'hui, mais parce qu'il ne les reverrait plus. Anxieux, inquiet, il chercha de l'œil le sergent. Il eut beau faire, il ne put le découvrir. Mais, par exemple, il reconnut le caniche qui marchait au pas à côté de la colonne. Il voulut l'appeler. Impossible. Quelque chose l'étranglait à la gorge, et même des larmes subites lui montèrent aux yeux quand il vit que Barbuche n'était point venu à lui. Peut-être le chien n'avait-il pas remarqué la présence de Petit-Jean, ou était-il trop fier, ce matin, dans les roulements et dans les sonneries, pour afficher devant tout le monde ses relations avec un pauvre petit mendiant.

Pendant que Petit-Jean regardait, navré, le régiment tout entier avait défilé, l'arrière-garde tourné la rue, et Petit-Jean était demeuré seul à la porte de la caserne. « Seul » n'est cependant point tout à fait juste, puisque Petit-Jean avait emporté son polichinelle. Si je n'en ai point parlé plutôt, c'est que l'enfant — dans la crainte qu'on ne le lui prît, et peut-être même qu'il eût trop froid, lui aussi — l'abritait sous sa petite veste boutonnée, où je l'avais oublié.

Le soir, au soleil couchant, le régiment atteignit la halte. C'est là qu'il devait cuisiner et dormir chez « l'habitant », pour, le lendemain de grand matin, repartir du pied gauche et entamer la seconde étape. Les compagnies avaient formé les faisceaux sur la place et devant l'église d'un chef-lieu de canton. Quand on rompit les rangs — chaque soldat ayant reçu son billet de logement, — la première frimousse qu'à dix pas en avant aperçut le sergent Fougasse, fut celle de son petit bonhomme de la soupe.

« N'avait-il pas la berlue? Comment! le gamin aurait suivi le régiment, avec ses jambes de poulet! Six lieues d'affilée et sans avoir croqué un radis probablement! Mais ses parents?... C'était trop fort! »

Le petit regardait de loin, n'osant approcher, tout couvert de poussière et l'air bien fatigué. Barbuche l'aperçut aussitôt que son maître, et, sans faire autant de réflexions ni hésiter une seconde, il avait bondi vers lui, aboyant de surprise et de plaisir. La bête et l'enfant se livrèrent à des expansions chaleureuses, comme deux amis qui se rencontrent en pays étranger et qui y vont alors de tout leur cœur.

Fougasse ne se laissa point attendrir par cette explosion de tendresse. Au contraire, il fronça le sourcil et grogna entre dents :

« C'est encore du joli, et du propre avec! »

Puis, fonçant au pas accéléré vers le petit groupe, il demanda d'un ton de fort mauvaise humeur :

« Mais que fais-tu donc ici, galopin?

— Je suis les militaires, Monsieur le sergent. Je les aime beaucoup depuis bien longtemps....

— En voilà un « bien longtemps » ! Tu as sept ou huit ans à vue de nez. Mais que vont penser, croire et dire tes parents?

— Je n'ai qu'une mère.

— C'est bigrement assez, petit malheureux ! Elle a dû passer une bonne journée, et elle va passer une non moins belle nuit. Faut-il que tu sois stupide!

— Puisque j'aime les soldats, et Barbuche ! et vous plus que les soldats!

— Ça nous flatte tous. Mais tu dois être éreinté?

— Un peu.

— Mais tu dois mourir de faim? Je parie que tu ne t'es rien mis sous la dent aujourd'hui ?

— Si, Monsieur le sergent, j'ai mangé en marchant trois raves que j'ai trouvées.

— Satanée petite gale ! Tu vas venir loger avec moi et avec Barbuche. Tu souperas, et tu te reposeras. A-t-on jamais vu ! Je la trouve mauvaise, tu sais? Et ce sont les camarades qui vont rire! Si je n'étais une bonne pâte, je te « flanquerais » une correction soignée pour t'apprendre à mettre tes semelles dans les nôtres. Je compte, en tout cas, que ta respectable mère t'appliquera des gifles en conséquence. Mais suis donc, petit mauvais sujet, et laisse Barbuche tranquille. Ici, Barbuche ! ici!

— Ni lui ni vous n'êtes méchants. Ma mère non plus. Personne.

— Ah! tu crois? Marcheras-tu à la fin et à distance? Dix pas en arrière. Je ne veux pas qu'on te voie avec moi. »

Le gros sergent, grommelant, remorqua Petit-Jean et Barbuche à la recherche de son logement. Il logeait chez un voiturier qui, commissionnaire du bourg, allait justement le lendemain à la ville avec sa charrette et son bidet. Fougasse lui expliqua son embarras et se sentit soulagé de moitié quand il apprit que son hôte se chargerait de rapatrier l'enfant « en carrosse ». Dès lors le sergent, le caniche et Petit-Jean prirent « place au feu et à la chandelle » et partagèrent le pain de munition, sans parler des victuailles solides et liquides que le voiturier tira de son buffet et de sa cave. Ah ! il travailla des mâchoires, Petit-Jean ! Il s'en donna de dormir ensuite, toute la nuit, dans une excellente couchette, tandis que le sergent et son chien ronflèrent dans le foin ! L'habitant ne devait réglementairement fournir qu'un lit, et Fougasse n'avait pas consenti à ce qu'il en fournît deux ! C'était la crème des honnêtes sergents, allez, que ce grand diable de Fougasse !

Après avoir passé une bonne nuit, le lendemain, à l'aube, Fougasse et Barbuche furent debout. Le voiturier aussi, car il devait partir de bonne heure.

Petit-Jean, réveillé, s'habilla. Le sergent lui adressa une nouvelle et verte admonestation, qu'il accompagna de recommandations absolument paternelles, et il l'embrassa, malgré tout, puis le remit aux soins du voiturier, qu'il remercia cordialement de vouloir bien se charger de réintégrer l'enfant dans « ses foyers ».

Les adieux de Barbuche et de l'enfant furent plus longs ; ils semblaient ne pouvoir se séparer. Pour en finir, Fougasse se dirigea vers la place où le régiment se reformait. Le petit regarda s'éloigner l'homme et l'animal, yeux humides et cœur serré.

Huit heures après, le régiment atteignit sa seconde étape, un simple petit village sans place et sans église, cette fois ; quelques chaumines coiffées de paille, quelques maisonnettes couvertes en pierre. Et savez-vous qui le sergent Fougasse rencontra dans ses jambes lorsque sa compagnie eut rompu? Petit-Jean, vous l'avez deviné. Le sergent éclata.

FOUGASSE S'ÉLANÇA AU PAS ACCÉLÉRÉ SUR LE PETIT GROUPE.

« Comment ! toi? encore toi?...

— Oh ! ne me battez pas, Monsieur Fougasse, ne me faites pas de mal. Soyez bon comme Barbuche. Voyez s'il saute après moi et s'il me lèche ! En a-t-il un cœur de bête? »

C'était vrai. Quelle fête ! Et le sergent ne put persister dans son rôle de Croquemitaine. Sa colère tomba aussitôt.

« Mais, malheureux enfant, tu vas faire pleurer ta mère ! — Et le voiturier ?

— Je me suis sauvé quand il attelait le cheval à sa charrette, dans l'écurie.

— Oh ! — Et tu t'imagines que tu emboîteras le pas au régiment, comme cela, jusqu'au bout du monde ? Tu devras péremptoirement, demain, faire demi-tour et filer. Pourras-tu même retrouver ton chemin ? Il te faudra trois jours au moins pour.... Et ta mère a le temps d'en verser, des larmes. Et qui te nourrira, et qui te couchera ?

— Sergent Fougasse ? appela le capitaine en ce moment.

— Allons, bon ! le service. »

Fougasse, un peu contrarié, avança à l'ordre. Il revint bientôt, mais contrarié pour tout de bon. « Est-ce qu'il ne devait pas, avec sa compagnie, et tout de suite, se remettre en route et pousser une lieue plus loin, pour loger dans un autre village ? » Celui-ci, au bout du compte, ne pouvait recevoir tout le régiment. Un billet du maire, paysan ignorant, en avisait la troupe au débotté. Il n'y avait pas à regimber. Fougasse ne put que recommander l'enfant à un co-sergent et signifier au « va-nu-pieds » qu'il eût, le lendemain, à reprendre la grand'route, au rebours, sans quoi il le ferait mettre en prison. Le petit, abasourdi, terrifié, pleura dans la toison de Barbuche, qui escortait un instant la compagnie en marche, puis revenait au galop vers Petit-Jean pour lui lécher la main. Tout disparut enfin au bout du chemin dans un nuage de poussière. Petit-Jean, comme consolation, n'avait plus que son polichinelle.

LE SERGENT, BARBUCHE ET PETIT-JEAN PRIRENT « PLACE AU FEU ».

Le lendemain, au déclin du jour, le régiment achevait sa troisième étape, et le sergent Fougasse, tout le long de la route, avait pensé à ce bambin, qu'il trouvait si gentil, si entêté, et malgré tout crânement courageux et terriblement robuste pour son âge. Il s'était pris pour lui sans plus d'une véritable affection, car il sentait que l'enfant les aimait tous deux, lui et son chien. Il n'était, lui, qu'un enfant de troupe ; son père, il ne l'avait pas connu ; sa mère, il l'avait perdue lorsqu'il comptait huit ans à peine. Quant à Barbuche, Barbuche en savait sur sa propre origine encore moins que son maître sur la sienne. Celui-ci l'avait ramassé au coin d'une porte, gros comme un œuf. Et tous deux, sans famille ni pays, se chérissaient depuis et seuls au monde.

En entrant dans la petite ville où le régiment devait passer la nuit, Fougasse songeait encore à l'enfant. Mais il se demanda s'il en devait croire ses yeux, quand il le retrouva, planté là-bas en face de lui, et l'observant avec la physionomie d'un chien battu ou qu'on va battre. Il dut pourtant en croire ses yeux à la fin. Pour le coup, ce ne fut ni de l'ahurissement ni de la colère qu'éprouva le sergent, mais de la rage, et il s'élança vers Petit-Jean en frappant du pied et serrant le poing.

Barbuche était arrivé avant son maître et il exécutait de joyeuses gambades.

« Ne me faites pas mettre en prison! ne me faites pas mettre en prison, Monsieur Fougasse! lui cria l'enfant du plus loin et avec terreur.

— D'abord, ne m'appelle pas « Monsieur Fougasse », mais « sergent » tout court. Est-ce que j'aurais l'air d'un pékin, par hasard? Rassure-toi, on ne met pas en prison un polisson de ton âge et de ton acabit; on le fouette. Avec tout cela, tu ne me parais point te douter que tu as dans le ventre quelque chose comme vingt lieues! Où veux-tu aller? Qu'espères-tu? Que demandes-tu? Si tu t'imagines que ça va durer, cette plaisanterie-là? Parleras-tu? Car nous allons causer enfin une bonne fois, et une fois pour toutes, hein! A bas, Barbuche!

— Oh! Barbuche ne me mord pas, lui!

— Vas-tu prétendre, à présent, que je te mords, moi! Voyons, avance au rapport et réponds sans détour. Tu m'as bien dit que tu avais une mère, n'est-ce pas?

— Oui, sergent, répondit Petit-Jean tout tremblant et qui se rappelait la recommandation du vieux grognard.

— Tu ne l'aimes donc plus, que tu...?

— Oh! que si! sergent.

— Elle est pauvre, sans doute, puisque tu venais manger la soupe de la caserne? Cependant tu as là un polichinelle joliment aristocrate. Pourquoi l'as-tu abandonnée, ta mère?...

— C'est elle qui m'a laissé, sergent.

— Comment! Est-ce qu'elle t'a perdu, ou est-ce qu'elle est morte?

— Un jour elle est sortie; c'était après Noël, où le petit Jésus lui avait donné ce polichinelle pour moi. Elle n'est pas revenue. Une voisine m'a gardé la nuit. Puis, moi, sans rien dire, je me suis échappé pour chercher maman à la ville. Je ne l'ai pas rencontrée de trois jours et je couchais où je pouvais, et je mangeais, le matin, de votre bonne soupe, sergent. Alors vous êtes parti, et, ma foi, j'aime tant les soldats, et Barbuche, et vous, que j'ai marché derrière.

— Et tu m'as désobéi trois fois déjà, mauvaise graine, au lieu de retourner dans les jupes de ta maman, qui se sera, bien sûr, retrouvée. Une mère, ça ne s'égare point comme un couteau, méchant garnement!

— On ne sait pas.

— On ne sait pas? Mais enfin, tu l'aimes mieux que moi et que Barbuche, je pense, et tu veux la revoir et l'embrasser, j'imagine?

— Oh oui!

— Et comment s'appelle-t-elle?

— Maman.

— Et puis? Voyons, je te demande comment elle s'appelle.

— Je l'appelle « maman ». Je ne lui connais pas d'autre nom.

— Hein? tu ne sais pas le nom de ta mère? Et toi, quel est le tien?

— Petit-Jean.

— Oui, c'est ton prénom. Ensuite?...

— Ensuite?

— Oui.

— Il n'y a pas d'ensuite.

— Aïe! Comment se nomme alors le village où habite ta malheureuse mère?

— On ne me l'a pas dit.

— On ne te l'a pas dit? Ça se corse. Donc tu ignores de quel village tu es, le nom de ta mère, et te voilà à vingt lieues de chez toi, sur une grande route, et tu as six ans, sept ans! Hé bien, pour être du propre, c'est du propre! Fougasse, mon ami, tu te trouves dans de beaux draps. Oh! galopin, de galopin, de galopin!!! »

FOUGASSE PORTA PETIT-JEAN SUR SES ÉPAULES.

Et Fougasse mon ami commença à se tirer l'oreille, sans pour cela tirer de sa cervelle une seule idée, la moindre combinaison, quoi que ce soit qui pût le sortir d'embarras. Le pied lui démangeait; s'il avait été brutal et si le petit n'avait pas été si gentil....

Ce qu'il y avait de clair et de certain, c'est qu'évidemment il ne pouvait ni chasser, ni ramener Petit-Jean. Le ramener, ah bien oui, à vingt lieues! D'autre part, le colonel allait-il lui permettre d'être bonne d'enfant? Il pourrait bien le chasser, mais le moucheron se perdrait, et, avant d'arriver — s'il devait arriver — il serait mort de faim, de fatigue, de peur.

« Maudit bonhomme, que vais-je faire de toi?

— Sergent Fougasse, gardez-moi avec vous. Moi et mon polichinelle, nous ne tenons pas beaucoup de place et nous mangeons si peu!

— Te garder? En voilà bien d'une autre!

— Puisque j'adore les soldats et que je veux être soldat!

— Et tu crois qu'un troupier, cela s'improvise en un tour de main et se met au four comme un petit pain? Mais tu renonces donc à revoir ta mère? Elle te bat peut-être?

— Au contraire. Seulement je ne sais plus où elle est. Vous m'aiderez à la chercher; en attendant, vous serez mon papa, et Barbuche sera mon ami. »

L'idée de paternité improvisée que lui suggérait Petit-Jean fit monter un rire énorme sur les lèvres du sergent et une imperceptible larme dans sa prunelle. C'est qu'il se rendait compte qu'il n'y avait vraiment pas moyen, pour le moment, d'agir autrement.

LE SERGENT RÉFLÉCHISSAIT.

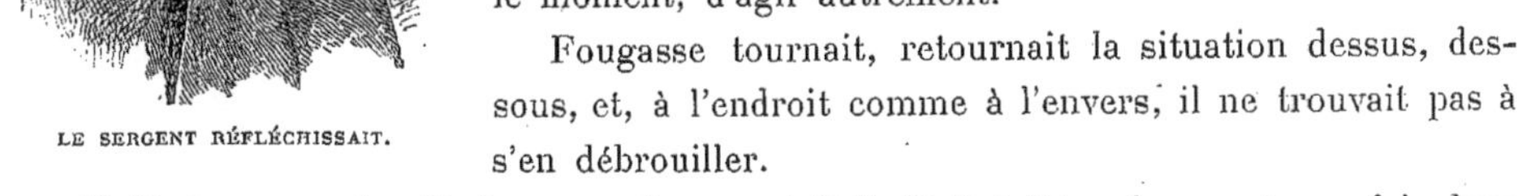

Fougasse tournait, retournait la situation dessus, dessous, et, à l'endroit comme à l'envers, il ne trouvait pas à s'en débrouiller.

« Voilà du propre! voilà du propre! maugréait-il. Si j'ai été embarrassé une fois dans ma vie, c'est celle-ci, par exemple! »

A bout de réflexions, d'imprécations, de malédictions, le sergent Fougasse rumina d'aller soumettre le cas au colonel. Un colonel a certainement de l'esprit à revendre et des combinaisons à volonté, puisqu'il est colonel. « Je vais d'abord attraper une réprimande.... Diable! Au fait, patientons. Il sera toujours temps de la recevoir. Ce n'est pourtant pas de ma faute. En attendant, je ne suis ni un Turc ni un tigre, pour abandonner ici le petit en pleine campagne et en pays inconnu. Allons-y, yeux fermés, et arrive que pourra! »

Ayant terminé son monologue, le sergent s'adressa à l'enfant, qui, sans se mettre autrement en peine, s'amusait à présenter et à retirer son polichinelle à Barbuche très intrigué.

« Tu t'appelles au moins Petit-Jean, s'il m'en souvient? Eh bien, Petit-Jean, tu peux te vanter de m'en donner du tintouin. Mais nous réglerons nos comptes plus tard. Pour l'instant, je suis obligé de te garder.

— Oh! sergent, laissa échapper l'enfant ravi, comme vous êtes bon !

— Silence dans les rangs ! » tonna Fougasse, et continuant : « Tu te nourriras en moineau, sur mon pain de munition, et Barbuche, toi et moi, nous partagerons. Tes jambes t'ont porté jusqu'ici; mais ce n'est pas fini. Ça ne fait même que commencer. Tant pis pour toi! Tu marcheras avec le chien, en flanc, et gare à toi si tu traînes! Les camarades vont-ils en rire, à gorges chaudes, de « cette vieille baderne » de sergent Fougasse qui s'embarrasse d'un mioche ! »

UNE DÉPUTATION ALLA CONSULTER LE COLONEL.

Les gorges chaudes et les rires en effet ne lui manquèrent pas. Fougasse ne trouva rien de mieux, pour y mettre un terme, que de conter toute l'affaire à sa compagnie. Celle-ci, en approuvant son brave homme de sous-officier, s'amusait néanmoins de ses soucis et de ses soins. Elle le plaisantait encore un peu, mais l'aidait d'assez bon cœur. On se répartissait les tracas de l'adoption, et, pour les soldats, c'était à qui gâterait Petit-Jean.

Petit-Jean semblait, ma foi, très heureux et se montrait même très fier d'être un soldat en herbe, comme on disait autour de lui. Il marchait avec la compagnie, à côté de Barbuche. On parla quelquefois d'asseoir le petit sur un fusil couché et de le porter à deux. L'enfant refusa toujours, souvent avec une sorte d'indignation. Et il fallait alors le voir allonger ses jambes. Il vous enlevait hardiment son étape, sans boiter, sans faiblir, sans sourciller. Ses souliers seuls pâtissaient, et à la cinquième étape ils étaient hors de service. La compagnie se cotisa — un sou d'ici, un sou de là — et quand on se remit en route, le lendemain, Petit-Jean était chaussé d'une bonne paire de souliers neufs, un peu larges peut-être, mais qui étaient joliment cousus et solidement cloués.

Petit-Jean mangeait à la gamelle. On en servait une, à pleins bords, pour lui et pour Barbuche. Barbuche y avait gagné ainsi sa part réglementaire et assurée. Petit-Jean couchait avec le chien et le sergent. On se serrait un peu, voilà tout.

Cependant, à mesure qu'une étape s'ajoutait à une autre étape, la dernière semblait toujours plus longue et interminable à Petit-Jean. Tout bas il se l'avouait. Tout haut il n'en voulait jamais convenir, par amour-propre et par peur surtout qu'on ne le laissât quelque part. Il n'en traînait pas moins et malgré tout le mollet. Il fallait que Fougasse se fâchât à la fin pour qu'il consentît à se laisser porter de temps en temps par lui sur ses épaules. Chaque soldat voulut le porter à son tour, car ils ont le cœur excellent, ces braves troupiers. De la sorte Petit-Jean fit assez commodément le reste du chemin.

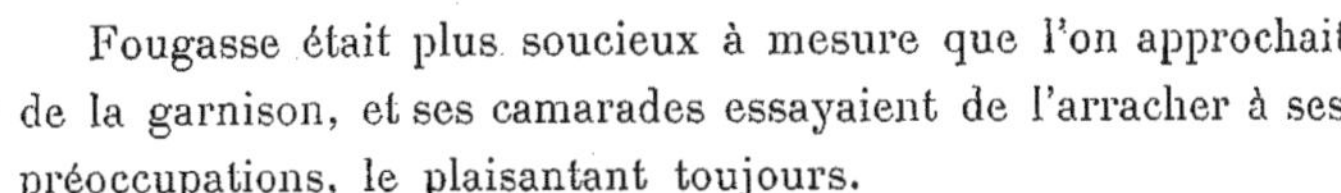

PETIT-JEAN SE MONTRAIT TRÈS FIER D'ÊTRE UN SOLDAT EN HERBE.

Fougasse était plus soucieux à mesure que l'on approchait de la garnison, et ses camarades essayaient de l'arracher à ses préoccupations, le plaisantant toujours.

Vous comprenez bien que la présence de l'enfant dans la colonne ne pouvait rester longtemps ignorée. Aussi l'histoire de Petit-Jean se communiqua-t-elle rapidement de compagnie en compagnie et fut-elle bientôt connue de tout le régiment. Quand on arriva à destination, personne ne l'ignorait plus.

Comment cette aventure allait-elle finir? Il faudrait pourtant bien se décider à en parler officiellement et à prendre une détermination. Personne dans le régiment qui ne s'en mêlât. Les opinions étaient diverses, et chacun donna la sienne. Toutes les compagnies s'intéressaient au sort de l'orphelin et à la situation du sergent.

On interrogea Petit-Jean à nouveau. Mêmes réponses. L'affaire sembla plus compliquée que jamais.

Quant à Fougasse, un seul expédient, qu'il n'osait proposer, le satisfaisait. Certain brave garçon le trouva aussi et le dit pour lui. C'était d'adopter et d'élever l'enfant. Le régiment pouvait bien se payer cette fantaisie et cette bonne action. Fougasse jubilait secrètement. Il s'était attaché au mioche; il n'y avait pas à en démordre. L'idée émise n'avait point été mal accueillie du tout; elle avait même fait du chemin dans les rangs.

« Il ne nous sera pas impossible de nourrir *ça*. — Nous élèverons *ça* tout de même. — Nous allons unanimement adopter *ça*. — On rognera sur son prêt pour *ça*, puis adviendra ce que pourra. »

« *Ça* », c'était Petit-Jean, et Petit-Jean n'était encore que *ça* pour ce tas d'excellentes gens qui composent un régiment français. Il ne s'agissait plus, tout bien conclu et bien entendu, que de prendre l'avis des officiers et d'obtenir l'assentiment du colonel. Pour les officiers, cela marcha comme sur des roulettes. Ils s'en amusèrent un peu, et la chose leur parut plus plaisante que difficile.

Quant au colonel, c'était une autre paire de manches. Il n'était pas commode, et pour commencer, il faillit mettre tout le régiment au clou. Il allait, en fin de compte, renvoyer la délégation des compagnies, quand apparut, comme une bonne fée, la colonelle. Elle avait un généreux cœur de femme ; de plus, elle menait le colonel par le bout du nez.

« Qu'est-ce ? qu'y a-t-il ? demanda-t-elle. — Ma bonne amie... », balbutia timidement le colonel, et il mit au courant sa bonne amie. « Pourquoi pas, monsieur ? Et parce que nous n'avons pas d'enfant, je ne vois pas que nous puissions refuser à notre brave régiment d'en adopter un. » Puis, se tournant vers les délégués : « Nous n'y voyons ni empêchement, ni inconvénient. » — « Demi-tour et rompez ! » cria le colonel.

Ils pivotèrent et rompirent, emportant la permission.

Si le régiment se déclara le père honoraire et collectif de Petit-Jean, Fougasse en resta le père actif — et il fut bien convenu, du reste, qu'on ferait le nécessaire pour retrouver la mère, quitte à lui rendre l'enfant si elle le réclamait, mais à le garder si elle y consentait.

Voilà donc le sergent Fougasse embarrassé, quoique enchanté. Il ne connaissait en effet pas grand'chose au nouveau métier, rien du tout même. Bah ! il l'apprendrait. Et puis, il se sentait flatté et empoigné en même temps. Cet enfant l'intéressait, l'amusait, l'occupait. Il se mit donc à la besogne consciencieusement. Il le débarbouilla des pieds à la tête, le peigna en droit fil et à rebrousse-poil, lava et raccommoda sa chemise, et il y allait de bon cœur et des deux mains, je vous le promets ! Il fallait, avant tout et au plus tôt, lui fournir un peu de linge et quelques vêtements. Son trousseau ne fut ni plus fastueux ni plus compliqué que celui du dernier conscrit. On lui confectionna un sac mignon où tout eut sa place — un vrai bijou de dimensions et de propreté. Comme uniforme, on lui tailla une sorte de complet militaire mi-rouge, mi-bleu, dans lequel Petit-Jean avait l'aspect d'un singe en représentation. A cheval sur Barbuche c'eût été parfait. Qu'importait ! Dans sa petite taille et sa petite vanité, il se tenait plus raide qu'un énorme tambour-major. Débordant de joie, il disait : « Ah ! si maman pouvait me voir ! Mais elle me verra un jour ! »

Il ne conserva de son ancienne défroque que le polichinelle. Seulement il ne le portait plus sur lui, entre son gilet et sa veste; il lui avait trouvé et assigné un logement plus convenable, dans son sac, entre sa paire de chaussettes et sa chemise de rechange. Le pantin et le caniche étaient plus que jamais ses amis, et souvent ils jouaient, tous les trois, dans la chambre du sergent ou dans la cour de la caserne. Pendant ce temps on écrivait à la dernière garnison lettres sur lettres, auxquelles, du reste, personne ne se pressait de répondre.

III

Quelques années se sont écoulées depuis les derniers événements que nous avons racontés.

PETIT-JEAN APPRENAIT A LIRE.

Petit-Jean était devenu l'idole du régiment. C'était à qui s'occuperait de lui, jouerait avec lui, lui ferait fête. Le bon sergent Fougasse se montrait même parfois jaloux de l'affection, de l'intérêt que portaient à l'enfant ses camarades, les soldats, et les officiers eux-mêmes. Il s'en serait montré même, pour un peu plus, susceptible et grincheux.

Barbuche et Petit-Jean, non seulement restèrent amis intimes, fidèles, inséparables, mais encore devinrent condisciples. C'est-à-dire qu'ils reçurent également et parallèlement une instruction appropriée à ce qu'on attendait de l'un et de l'autre. En effet, le régiment avait pour eux de l'ambition, une ambition légitime. Il prétendait faire de Barbuche un chien de guerre et de Petit-Jean un enfant de troupe. Ce n'était certainement pas la mer à boire, mais encore fallait-il développer chez le premier l'instinct, le flair, l'obéissance, et, dans le second, l'intelligence, le cœur, la discipline. Les malins du régiment s'y employèrent, chacun selon ses aptitudes et ses goûts, sous l'unique et haute surveillance du sergent Fougasse, maître réel du chien et père adoptif de l'enfant.

Avant d'esquisser rapidement les résultats de cette éducation en partie double, je constaterai, d'un mot, que Barbuche et Petit-Jean progressaient beaucoup. Ils faisaient d'ailleurs preuve de la meilleure volonté. Les instructeurs ne perdaient ni leur peine, ni leur temps. Le régiment était orgueilleux de ses deux adoptés, et le sergent Fougasse follement glorieux. Les changements de garnison ou le renouvellement des effectifs ne modifiaient en rien l'éducation des deux écoliers, ni les sentiments des compagnies pour eux. Les libérés transmettaient aux recrues leurs devoirs et leurs tendresses envers l'enfant et le caniche.

Donc, Barbuche vieillissait et Petit-Jean grandissait, tous deux parfaitement nourris, soigneusement élevés, sincèrement aimés, superlativement choyés. Par gratitude ou par disposition naturelle, ils s'appliquaient de leur mieux à l'étude et profitaient des leçons.

Déjà Barbuche exécutait un transport de dépêches et opérait très bien une reconnaissance — les deux opérations délicates que l'on confiait à son intelligence, à son odorat et à son ouïe. Pour le dresser à transporter les dépêches, on l'avait emmené à quelques lieues du détachement dont son maître faisait partie. Là, on lui avait attaché une pochette de cuir au cou, puis on l'avait lâché. Le chien s'était hâté de revenir à l'endroit où il savait devoir retrouver le sergent Fougasse. Mais, grâce aux principes inculqués par la cravache et les caresses, Barbuche faisait ce trajet avec une prudence extrême, suivant les haies, les fossés, les talus, se dissimulant, se terrant, se détournant, s'il apercevait quelque chose d'anormal ou d'inquiétant, atteignant enfin le poste où il était attendu et récompensé.

Petit-Jean, pour sa part, avait appris à lire couramment, à additionner plusieurs nombres, à réciter des fables sans broncher, à connaître en gros les cinq parties du monde et à défiler à la queue leu leu les rois de la première et de la seconde race.

Pour les reconnaissances, Barbuche ne craignait personne, ni chien ni soldat. Un homme se revêtait d'un uniforme étranger et se cachait derrière une muraille ou un buisson. On dirigeait Barbuche de ce côté. L'homme surgissait brusquement et poursuivait le naïf animal à coups de pierre et à coups de fouet, de sorte que Barbuche se méfiait toujours. Il se défiait si bien, après quelques expériences pareilles, qu'à la vue du moindre habit suspect, il détalait, pris de peur, revenait au galop vers le régiment et grognait sourdement comme on le lui avait enseigné.

Petit-Jean, par contre, en était arrivé à écrire lisiblement, à orthographier correctement, à analyser une dictée sans hésitations, à réduire haut la main les fractions, à savoir un peu de physique et encore pas mal d'autres choses avec.

On ne pouvait, en cinq ans de travail, exiger davantage d'une pauvre bête de chien et d'un pauvre ignorant de gamin. Il va sans dire qu'en croissant en science, le chien et le gamin avaient crû aussi en affection et en intimité. Ils ne se quittaient jamais que pour les besoins du service ou les exigences de l'étude. Entre eux, aux heures de récréation, le polichinelle au singe était resté le jouet habituel et préféré.

En vain avait-on écrit, récrit à la ville d'où Petit-Jean était venu à la suite du régiment. Sans nom de famille, sans nom de village, comment se mettre sur la voie? Et la police — par là-bas — n'avait pas connaissance qu'aucune mère eût réclamé son enfant perdu. Ces pauvres paysannes sont si ignorantes de la marche à suivre et des démarches à tenter en cas semblable! Je dois avouer que Fougasse, attaché à l'enfant et égoïste dans sa tendresse, redoutait maintenant d'avoir à le rendre. C'eût été là un véritable chagrin pour lui, le premier peut-être de sa vie. Aussi, à chaque réponse négative, il poussait un soupir de soulagement et ne dissimulait pas sa joie.

LE PETIT TAMBOUR D'ARCOLE.

A mesure que Petit-Jean avançait en âge, l'image de sa mère s'effaçait petit à petit dans sa mémoire et il n'en parlait même que rarement. Les enfants ont les impressions si mobiles et si fugitives! Mais, par exemple, il vénérait le régiment et adorait le sergent. Il apprenait à apprécier mieux chaque jour ce qu'ils avaient déjà fait, ce qu'ils faisaient encore pour lui. Aussi se sentait-il, à leur endroit, des gratitudes et des tendresses qui l'eussent rendu capable de tous les dévouements.

Petit-Jean a douze ans maintenant. Il aime la lecture. Les livres le passionnent; il en dévore autant que les officiers lui en prêtent et que ses études le lui permettent. Les livres d'Histoire, d'Histoire militaire, l'intéressent surtout. Il n'en mangeait même plus, n'en dormait plus, et restait songeur. Fougasse commença à s'inquiéter; il confia ses craintes au colonel.

« N'aie pas peur! répondit la colonelle pour son mari. Ça bourre, mais ça se digère, et ce qui se digère n'est pas perdu. »

Un soir cependant que Petit-Jean avait boudé à la gamelle et, tout préoccupé, traçait du talon, sur le sable de la cour, des sphères et des triangles, machinalement, silencieusement, le sergent n'y tint plus :

« Qu'est-ce qui te tourmente donc, petit? Depuis nombre de jours, l'appétit ni la gaieté ne marchent au pas. Je crois que tu prends dans tous tes livres plus qu'il ne faut.... Voyons, que te manque-t-il? Que désires-tu?

LE RÉGIMENT FIT DE BARBUCHE UN CHIEN DE GUERRE.

— Être tambour.

— Hein? Qu'est-ce que cette ambition-là qui t'a poussé tout à coup? A ton âge, on n'est pas tambour. Plus tard, je ne dis pas; nous aviserons. Si c'est ta vocation, on consultera le régiment.

— Quel âge faudrait-il donc avoir, père Fougasse?

— Seize ans au bas mot, et encore, pour te confier les *ra* et les *fla*, quelques protections seraient peut-être nécessaires.

— Et pourtant si je veux être tambour?

— Ça t'est donc venu comme cela, tout de suite, cet amour de la peau d'âne?

— Oui; j'ai lu l'histoire d'un petit tambour et je me suis dit : « Tu seras tambour aussi ». *Le Petit Tambour d'Arcole,* est-ce que vous connaissez son histoire, sergent?

— Ni celle-là ni d'autres. Je le savais bien, que tu prenais dans tes livres plus qu'il ne fallait. Nonobstant conte-la-moi, cette histoire.

— C'était sous le général Bonaparte, avant qu'il devînt le Grand Napoléon. On se battait en Italie contre les Autrichiens. Un jour, entre les Autrichiens et les Français, se trouvait un pont avec quatre canons au bout contre nous. Nous voulons passer, et hop! Mais la première file est tuée. Hop! toujours. Mais la seconde file est balayée. Il nous faut passer, cependant. Pour le coup, le général crie : « Grenadiers, en avant! » et il se précipite en face et en tête. Les grenadiers ont peur et ne le suivent pas. Alors un petit tambour, gros comme une sauterelle, bondit devant le général et frappe sa caisse avec rage ; il bat la charge, et si dru et si fort, que tous, derrière lui, s'élancent, poussent et passent.

— Voilà un rude galopin tout de même ! Quel gaillard ! exclama sentencieusement Fougasse.

— Oui, reprit Petit-Jean, et un héros, allez ! Aussi le général lui donna, en présence de toute l'armée, deux baguettes en or et en ivoire ; de plus, un cadre dans lequel étaient écrits, en belle écriture, son courage et sa gloire. Est-ce que ce n'est pas superbe, cela, père Fougasse ?

— Que si ! Et alors, tu voudrais être tambour pour franchir, toi aussi, un pont de bataille et recevoir des baguettes d'honneur ?

TU SERAS TAMBOUR AUSSI.

— A l'occasion, pourquoi pas ? Et puis, vraiment, c'est beau d'être tambour, de taper sur sa caisse, dans la fumée, sous les balles, de soutenir et de relever les cœurs pour que l'armée se batte bien et soit victorieuse. Enfin, sergent, même à seize ans, je ne serais peut-être pas assez fort pour porter un fusil et cependant je grille d'être au plus tôt un vrai soldat. Une caisse, cela pèse moins qu'un fusil, et au moins je pourrais devenir utile au régiment qui me nourrit, qui m'élève, qui me gâte....

— Tout ça n'est pas si bête, mon garçon ! Tu n'as pas dans les veines du sang de poulet, et tu as bon cœur. Seulement, je te répète encore une fois que tu es trop jeune.

— J'attendrai.

— Pour le moment, rien de mieux à faire. J'y penserai, j'en parlerai. Mais, en attendant, remets-moi vivement la cuillère à la soupe et que je ne te voie plus triste ni maigre ! »

C'est sur ce mot que se termina la conversation. Petit-Jean, rempli d'espoir et de joie, décida qu'il y mettrait le temps, mais se jura qu'il serait tambour. Il reprit ses livres d'Histoire militaire, et avec quel appétit il y mordit !

Le temps s'écoulait. Petit-Jean avait quatorze ans, et s'entêtait plus que jamais dans son idée : il voulait être tambour. Il grandissait, long et mince comme une chènevotte, vif comme un écureuil, agile comme un chat, plus raisonnable qu'on ne l'est habituellement à son âge, et aussi hardi que qui que ce soit. Le régiment en était très fier et Fougasse plus que le régiment. Les années n'avaient en rien diminué l'amitié de Petit-Jean pour Barbuche et de Barbuche pour Petit-Jean. Au contraire, pendant les heures de récréation, ils causaient ensemble, c'est-à-dire que l'enfant parlait seul tout le temps et que le chien se contentait de froncer le nez, d'agiter la queue, de secouer les oreilles, de lever une patte ou deux pattes, selon l'intérêt qu'il prenait au sujet, de regarder fixement les yeux et les lèvres de son camarade. Tout ce manège était si éloquent que Petit-Jean devinait les réponses.

Un jour qu'ils étaient, l'un et l'autre, assis par terre et nez à nez, Petit-Jean leva le doigt et se mit à parler posément, longuement, gravement, à Barbuche. Il venait de refermer un livre dans lequel il lisait.

« Écoute, Barbuche. Moi, je veux être tambour, parce que j'ai lu l'histoire du petit tambour d'Arcole, qui était plein de vaillance et d'honneur. Toi, qui portes si sûrement les dépêches et fais si scrupuleusement les reconnaissances, tu seras content d'apprendre que tu peux devenir un chien illustre à ton tour, comme le chien Moustache. Le chien Moustache et le petit tambour d'Arcole sont connus de tout le monde et on a écrit leur vie dans les Histoires. Il ne faut pas que tu puisses être jaloux de moi. Tu me regardes et tu t'impatientes? Tu voudrais bien connaître, je le vois, les aventures de Moustache. Ouvre les oreilles, à bas la patte, et attention ! »

LE MARÉCHAL LANNES DÉCORA MOUSTACHE.

Le chien mit sa patte au repos et ouvrit sans doute les oreilles. Petit-Jean continua :

« Moustache était un caniche comme toi, ni plus ni moins, appartenant de même à un régiment. Il accompagnait Bonaparte — un fameux général — dans ses premières campagnes en Italie. On se battait constamment et l'on était toujours vainqueur. A la bataille de Marengo — une fameuse bataille aussi, je t'assure — Moustache servait d'éclaireur et il était si perspicace que les soldats marchaient derrière lui, yeux fermés. C'était beau déjà, mais attends un peu. A la bataille d'Austerlitz, le porte-drapeau tombe, frappé à mort ; Moustache est auprès de lui. Qu'aurais-tu fait, toi, Barbuche ? Peut-être comme Moustache, qui saisit aux dents, entre les mains des Autrichiens, le drapeau tout déchiré et tout ensanglanté, et qui se sauve de toute la vitesse de ses pattes, le rapportant à sa compagnie. N'est-ce pas que c'est magnifique ? On le récompensa sur place, sur l'heure, et comme un homme. Le maréchal Lannes — qui commandait par là — le décora de la croix de la Légion d'Honneur. Tu as l'air d'en douter, je le vois à ton haussement d'oreilles. C'est historique cependant. Oui, de la croix de la Légion d'Honneur ! Et quand Moustache, plus tard, mourut, l'armée le traita en véritable soldat et lui rendit les honneurs militaires en tirant des coups de fusil sur sa tombe. »

Barbuche s'était dressé subitement et avait posé ses deux pattes de devant sur les genoux de Petit-Jean. Son œil étincelait et il battait de la queue.

« Ah ! cela t'enthousiasme et tu applaudis. C'est bien. A l'occasion, je compte faire comme le petit tambour d'Arcole, et toi, tu feras certainement comme l'illustre caniche Moustache ! Seulement tu serais plus heureux et plus glorieux que moi, puisque tu aurais, toi, la croix des braves et que je n'aurais, moi, que des baguettes d'honneur. »

Le chien, tout frétillant, lécha les mains de l'enfant et essaya de lui lécher la figure. Petit-Jean interpréta cette démonstration comme une réponse affirmative, et il caressa et embrassa le caniche.

Deux ans plus tard, Petit-Jean en avait seize. C'était un beau jeune homme cette fois, et, pour le coup, il était tambour. On avait réalisé son rêve et il n'ambitionnait rien de plus. Il portait aujourd'hui un véritable uniforme et touchait une haute paye — dix centimes par jour. Il n'était plus à la charge du régiment, mais au compte du gouvernement.

Un charmant petit tambour à l'allure dégagée, à l'air crâne, les baguettes au poing et le képi sur l'oreille, se campant sur la hanche à l'occasion, frisant parfois un léger duvet blond sur sa lèvre supérieure. Personne ne battait plus nettement que lui des *ra* et des *fla*, ne roulait plus rondement et plus longtemps. En quelques semaines, il connut toutes ses batteries : *la Diane*, *la marche*, *le rappel*, *la retraite*, *un ban*, *la fricassée*, *la chamade*, *la breloque*, *la corvée*, *aux champs*, *à la paille*, *à l'ordre*, *au drapeau*, etc.

C'était une vraie vocation chez lui d'être tambour, comme chez Barbuche de passer des dépêches et de pousser des reconnaissances. Le sergent Fougasse, deux fois orgueilleux, porta dorénavant haut la tête et mieux les chevrons en entendant, par tous ses camarades et tous les soldats du régiment, faire l'éloge de son chien et de son fils.

Petit-Jean, quand il s'exerçait des baguettes, s'avisait parfois de suspendre à sa caisse le polichinelle, et il riait de voir le pantin, aux vibrations du tambour, tressaillir, tressauter, avec son singe noir sur le dos. De son passé et de sa mère il ne restait que cela au pauvre petit tapin.

IV

Comme vous le savez, mes enfants, cette histoire se passait sous le second Empire, et l'on était alors en 1859, au moment où éclata la guerre d'Italie, pendant laquelle les Italiens et les Français se battirent contre les Autrichiens. Les Français, chez qui la gaieté et le courage vont de front, partirent en chantant avec un fol entrain *Malbroug s'en va t'en guerre*. Qui fut content? Petit-Jean, dont le régiment avait été désigné pour la campagne. Barbuche peut-être aussi, car il gambadait plus que de coutume sur le flanc des compagnies, allant du sergent au tambour et du tambour au sergent. Petit-Jean, le képi tout à fait sur l'oreille aujourd'hui, et le tambour sur la cuisse, marchait allègrement — la tête, la poitrine, tout le corps palpitant d'une jeune ardeur.

Sur le champ de bataille, ce fut bien autre chose. Il ne se ménagea point et se montra endiablé au combat de Solférino, au passage du Mincio. Il y a un article du règlement qui place les tambours derrière les colonnes, pour battre les charges. Ah! bien oui, l'article du règlement! Petit-Jean s'en souciait bien! Comme s'il avait le temps d'y penser, quand, en pleine mêlée, le bruit et la poudre le prenaient aux reins, aux cheveux, aux yeux, au nez, à la gorge et au cœur! Grisé, étonné, il était possédé comme d'une fièvre. Fonçant tout droit, au plus avant, au plus loin — sans rien regarder, sans rien entendre, — il courait bravement vers l'ennemi, tapant sa caisse à poings fermés sur ses baguettes.

Barbuche, de son côté, n'était ni fainéant ni poltron. De temps en temps, il portait quelques dépêches d'un détachement à l'autre dans sa pochette de cuir, ou partait en reconnaissance avec les grand'gardes, ne se laissant jamais prendre ni surprendre. Mais à l'heure où le régiment était en marche pour attaquer une colonne, il ne cheminait plus comme à l'ordinaire, sur le flanc des compagnies. Non; il précédait martialement la musique, à vingt pas des tambours, l'œil ardent et le poil frémissant. Puis, sitôt que « la poudre avait parlé », il poussait un hurlement, et, montrant les crocs, il se ruait sur l'ennemi.

Fougasse, lui, tâchait de ne perdre de vue ni Barbuche, ni Petit-Jean, prêt à se porter à leur secours, si besoin était, et, par cela même, toujours au plus épais et au plus chaud, où les deux enragés s'enfonçaient et l'entraînaient — sans peur et sans souci.

A Magenta, tous trois, ils travaillèrent fort et ferme : Petit-Jean, des baguettes, Barbuche, des dents, Fougasse, de la baïonnette. Ah! il en resta sur le carreau, et des hommes, et des armes, et des sacs. Quant au caniche, au tambour, au sergent, pas une égratignure, et ce ne fut certes pas de leur faute. Les Français, sans rancune, enterrèrent, côte à côte, dans les mêmes fosses et avec les uniformes, les leurs et les autres, car, une fois mort, on n'est plus ennemi.

Nous avions battu les Autrichiens à plate couture, et ils opéraient en grand désordre leur retraite sur Milan, où notre armée fut triomphalement accueillie. Fougasse, pour sa part, y reçut une couronne de fleurs et des embrassades ; Petit-Jean, un flot de rubans et un gros baiser, tandis qu'une jolie fillette, empoignant Barbuche par le cou, lui colla son petit nez rose sur son gros museau noir.

FOUGASSE, PETIT-JEAN ET BARBUCHE TRAVAILLÈRENT FERME.

« Décidément, s'écria Petit-Jean enthousiasmé, c'est superbe, la guerre !

— Tu veux dire : la victoire », rectifia Fougasse.

Quant à Barbuche, s'il eût pu donner son opinion, il eût certainement conclu qu'une léchette de bœuf et une tranche de pain étaient de beaucoup préférables aux fleurs, aux rubans et aux caresses. Ce en quoi il se montrait plus philosophe et plus pratique à la fois que son maître et que son ami.

Après leurs premières victoires, nos régiments ne s'arrêtèrent pas en si bon chemin ; ils se mirent aussitôt en route pour Marignan, où ils croyaient entrer à portes ouvertes. Mais ils se trouvèrent en présence d'une ville formidable et résolue. En avant, le cimetière se présentait comme un fort détaché, armé d'une batterie qui enfilait la route dans toute sa longueur. Derrière le cimetière, les maisons crénelées se dressaient, garnies de Tyroliens armés de carabines portant à 1400 mètres et pouvant viser à coups sûrs. C'est vis-à-vis du cimetière précisément qu'arrivaient nos régiments, avec Barbuche en tête, Fougasse ensuite, Petit-Jean enfin.

Les carabines et le canon commencèrent à leur cracher des balles et de la mitraille bien en face et en pleine figure.

PETIT-JEAN ENFONÇA SA BAGUETTE DANS LA GORGE DE L'AUTRICHIEN.

Il n'y avait ni à reculer, ni à tergiverser; il fallait, au contraire — et plus tôt que plus tard, — s'élancer au pas de course et charger à outrance. Képi baissé et baïonnette au canon, on se précipite, on s'entraîne pêle-mêle, et voilà Petit-Jean qui, immédiatement, de ses bonnes jambes et de sa vaillante ardeur, quitte les derrières et arrive en front. Il battait de sa caisse éperdument, à perdre haleine. A lui tout seul, il faisait un vacarme d'enfer. Mais, sous la trombe du fer et du plomb, avec les autres il hésita un instant et rompit d'une semelle. C'est que les boulets labouraient le sol, le balayant net; c'est que les balles passaient serrées, fauchant ras sur la route.

Petit-Jean tambourinait toujours et se reprit à avancer, suivi des régiments. Il avait le diable au corps et dans sa caisse. Les soldats tombaient à droite, tombaient à gauche. Il ne s'en effrayait point, en enrageait seulement, et alors il tapait de ses deux baguettes sur la peau d'âne à la crever. Il allait quand même. Une volée de mitraille creuse un vide autour de lui; tout est renversé, mais, par-dessus les cadavres, au même instant, bondit une forme noire : c'est un chien, c'est Barbuche, Barbuche qui, pour l'amour de la bataille ou pour l'amour de l'enfant, veut être le premier au feu ou à côté de son ami. Le tambour redouble de vigueur et accélère la charge; le caniche pousse des aboiements.

« Et allons-y, mon vieux Barbuche! » lui crie Petit-Jean.

Cependant les régiments, mitraillés, rompus, hachés, franchissent néanmoins la route qu'ils avaient encore devant eux.

Les premiers rangs ont atteint les murs du cimetière. Les soldats surgissent de terre; ils se redressent et volent vers cette muraille funèbre, doublée par un taillis de croix mortuaires. Mais les feux plongeants des Tyroliens les abattent en masse, et les boulets de la batterie vont frapper plus loin dans le tas des régiments. Ah! ce canon de malheur!

Alors il se passa là quelque chose d'inouï.

Un petit tambour avait brusquement saisi un chien par la peau du dos et l'avait jeté de l'autre côté de la muraille, dans le cimetière — non pour s'imposer l'obligation de l'y aller chercher, comme fit certain maréchal français avec son bâton, mais pour ne point priver la vaillante bête d'être à l'honneur jusqu'au bout. Le chien disparut dans le champ des morts en hurlant furieusement.

Le petit tambour, en même temps, se hissait le long du mur, je ne sais comment, ne frappant plus alors sa caisse que d'une baguette, mais frappant quand même. Ce tapotement sourd, précipité, monotone, avait quelque chose de lugubre et de sublime à la fois. Le gamin — car ce n'était qu'un gamin — disparut à son tour et tout à coup. Il se trouva alors jusqu'au ventre dans les croix noires et à dix pas du canon. Barbuche, lui, n'en était qu'à un saut. Ils se dressaient là tous les deux, seuls en face des canonniers autrichiens. Quelle audace! — Que va faire le petit tapin qui bat toujours la charge à coups accélérés et de son unique baguette? Il lui faut se décider vite, car il ne lui reste que le temps de mourir. En un clin d'œil il a pris son parti, d'autant qu'un canonnier tend sa mèche allumée vers la lumière de ce maudit canon qui fait de si terribles ravages là-bas, dans son pauvre régiment d'adoption, et va peut-être justement tuer son cher Fougasse.

Petit-Jean n'avait point d'armes, mais des muscles d'acier. Il bondit comme un jeune tigre sur le canonnier, d'une main le saisit aux cheveux et de l'autre lui enfonce jusqu'à la gorge, dans sa bouche béante d'épouvante, la baguette de son tambour. L'élan avait été si raide que l'Autrichien et Petit-Jean culbutèrent sur l'herbe des fossés. Les servants de la pièce avaient reconnu l'uniforme ennemi et tout vu. L'un d'eux empoigna son sabre et d'un coup de pointe dans le flanc cloua l'enfant sur le cadavre de son camarade. En même temps que le sabre atteignait Petit-Jean, un chien sautait au cou de l'homme. C'était Barbuche qui portait secours à son ami — trop tard, hélas! Un autre sabre se levait vivement qui s'abattit sur le chien. Barbuche poussa un hurlement et roula sur le sol, une patte tranchée.

Au même instant, le sergent Fougasse enjambait la crête du mur; une dizaine de soldats le suivaient. Ils avaient passé sains et saufs par-dessus les blessés et les morts, et, tout couverts de sang, ils arrivaient régler leur compte aux canonniers du cimetière. Le sergent avait sur la face une expression d'angoisse que sa cicatrice de travers rendait terrible. C'est qu'il avait vu franchir le mur meurtrier à Barbuche et à Petit-Jean. C'est qu'il n'entendait plus la charge battue d'une seule baguette par Petit-Jean. Un regard de l'autre côté de la muraille — et il avait été fixé.

« Ils ont tué notre enfant, cria-t-il derrière lui. Pas de quartier ! »

Une vague vivante de pantalons rouges surmonta le mur et retomba de toute sa masse dans le cimetière. D'un seul coup, les canonniers furent écrasés sur leur batterie. Toutes les baïonnettes avaient porté à la fois dans les poitrines ennemies. Les Français continuaient à escalader le mur et à se ruer furieux contre les Tyroliens.

LE CANICHE HURLAIT AUPRÈS DE PETIT-JEAN.

Le cimetière resta désert, encombré de cadavres et de croix pêle-mêle couchés dans l'herbe toute rouge maintenant.

Seul, auprès du petit tambour mortellement blessé et du malheureux caniche cruellement mutilé, Fougasse était demeuré, un genou en terre. Le caniche hurlait de douleur. La fusillade pétillait en avant et s'éloignait. Les Tyroliens débusqués fuyaient devant les impitoyables baïonnettes françaises. Marignan était pris.

Le vieux sergent, penché sur Petit-Jean, avait déboutonné sa tunique, déchiré sa chemise, cherchant la blessure. Il appelait l'enfant, le suppliait, ne s'interrompant que pour adresser quelques mots affectueux à Barbuche ou pour envoyer du poing et de la gorge des menaces aux misérables qui lui avaient assassiné son fils et son chien. Petit-Jean, maculé de poudre et de sang, ne donnait aucun signe de vie, et cependant Fougasse croyait sentir le cœur palpiter encore imperceptiblement sous sa main. De la tunique ouverte avaient glissé sur l'herbe l'inséparable polichinelle et la baguette inutile dans la dernière charge. L'autre baguette était restée dans la gorge du canonnier autrichien. Le polichinelle, chargé de son singe, avec son éternel rire grimaçant, offrait, là, à côté de ce cadavre, un spectacle lamentablement moqueur. Fougasse, la tête égarée, entre son enfant mort sans doute et son pauvre chien estropié, attendait il ne savait qui, il ne savait quoi, et de grosses larmes roulaient sur sa moustache grise.

La ville ayant été emportée, on songea aux morts et aux blessés. Le régiment du petit tambour se préoccupa aussitôt de lui. Quelques hommes de la compagnie de Fougasse se souvinrent vaguement de ce qu'ils avaient entrevu au moment de l'envahissement du cimetière. En tout cas, le colonel avait été témoin de l'intrépide conduite de Petit-Jean qui, en avant de la colonne hésitante, avait, de son battement de charge ininterrompu, entraîné les soldats derrière lui.

« Quel brave enfant! s'écria-t-il en arrivant auprès de Petit-Jean qu'il croyait tué. Quel courage! Quelle admirable conduite! Ah! s'il n'était pas mort?

— Il vit encore un peu, mon colonel! » répondit un soldat qui courait à la recherche du major.

« JE TE FAIS CHEVALIER DE LA LÉGION D'HONNEUR ».

En effet, Petit-Jean venait de rouvrir les yeux. Il sentit aussitôt une langue brûlante lécher doucement sa main; alors il essaya de caresser Barbuche. Avec le sentiment lui revint la souffrance, et un pli douloureux s'accusa sur son front. Il était blanc comme un linge.

« Mon enfant, dit le colonel courbé sur Petit-Jean, tu es un vaillant petit Français, et tu as fait joliment plus que ton devoir. Nous t'aimons bien, tous, et nous sommes fiers de toi! »

Petit-Jean tenta un effort pour soulever sa paupière, et un faible éclair de joie traversa ses prunelles éteintes.

« La France te remercie, continua le colonel que gagnait l'attendrissement, et, au nom de l'Empereur, je te fais Chevalier de la Légion d'Honneur! Tiens, voici ma croix.

Je veux que tu portes la mienne, afin qu'elle te soit plus chère et que le régiment m'en aime mieux. »

Il détacha la croix de sa poitrine et l'épingla sur la tunique de Petit-Jean. Il s'était mis à genoux pour cela, l'excellent homme. Et comme son visage touchait presque le front du petit tambour, sur ce front livide il posa un baiser et laissa une larme.

« Vive !... Vive ! Vive la France ! » essaya de crier l'enfant.

Mais Petit-Jean ne put que le murmurer, et en s'y reprenant à trois fois.

« Et maintenant, mes gaillards, dit le colonel aux soldats, qu'on l'emporte avec précaution et qu'on me le soigne. C'est un brave enfant, notre enfant, notre glorieux enfant ! Courage, Fougasse ! Tu as plus que jamais l'estime de ton colonel, toi ! »

Le colonel tendit la main au sergent. Puis, apercevant le caniche qui s'était résigné à souffrir et qui le regardait d'un œil de gratitude comme s'il comprenait ce que le colonel venait de faire et de dire :

« Barbuche en était ! Ça ne m'étonne pas. Ils t'ont donc bien maltraité, toi aussi ? Plus que trois pattes ! Il faudra que le régiment te récompense à ton tour, s'il a du cœur et s'il est juste. »

Il caressa le chien et s'éloigna vite, pour ne pas pleurer en présence de ses hommes. Fougasse sanglotait. Petit-Jean n'avait rien perdu des paroles du colonel au caniche. Sur ses lèvres erra un pâle sourire aussitôt réprimé par une douloureuse contraction. Puis il crispa subitement sa main dans la main de Fougasse ; sa bouche s'entre-bâilla ; ses doigts se détendirent. Hélas !

Fougasse poussa un rauque gémissement, auquel Barbuche répondit par un hurlement désespéré. Tous les soldats présents pleuraient. Fougasse embrassa l'enfant, ramassa dans l'herbe le polichinelle au singe et la baguette de tambour, puis se releva comme il put. On courut apprendre au colonel la mort de Petit-Jean.

Il s'agissait maintenant de rendre à la hâte les derniers devoirs au pauvre Petit-Jean.

Les fusils des morts et des fuyards encombraient la place. Les soldats s'en servirent pour creuser avec les baïonnettes, à l'endroit même où le vaillant petit tambour était mort, à côté du canon encloué cette fois, une fosse assez peu profonde. On n'avait ni les outils ni le temps nécessaires pour faire mieux. On y coucha avec précaution Petit-Jean dans son uniforme reboutonné et décoré de la croix d'honneur, car on décida qu'il emporterait avec lui sa croix dans la tombe.

Puis, lorsque leur triste besogne fut achevée, les soldats, consternés, quittèrent le cimetière. Fougasse sortit le dernier ; il suivait ses camarades comme un automate. Il emportait la baguette de tambour et le polichinelle dans sa capote et, entre ses bras, l'infortuné Barbuche.

L'armée française commença d'abord par se replier sur Milan ; puis, de là, elle opéra une marche de flanc sur Brescia. Dans la ville fortifiée de Brescia elle campa, et au bout de quelques jours, Barbuche, bien pansé, bien soigné, put sur trois membres reprendre son trantran militaire. Cette manière de marcher, nouvelle pour lui, lui causa bien pendant plusieurs jours quelque gêne ; mais, comme on s'accoutume à tout, il s'habitua vite à l'absence de cette patte. J'affirmerais même, sans trop m'aventurer, qu'il ne se rappela même plus bientôt qu'il en avait jamais eu quatre.

FOUCASSE ET BARBUCHE QUITTÈRENT LA CASERNE.

Du reste, il n'eut pas à regretter ce sacrifice fait à la patrie.

« Il faut que le régiment te récompense, avait dit le colonel au caniche dans le cimetière de Marignan, s'il a bon cœur et s'il est juste. »

Or, comme tout régiment, celui-ci avait bon cœur et était juste. C'eût été mal connaître l'armée française que croire ou même penser le contraire. C'est pourquoi le régiment décida et arrêta à l'unanimité que Barbuche, pour ses services en temps de paix et ses exploits en temps de guerre, recevrait un brassard d'honneur. Il avait été question un moment de le nommer sergent, et l'Histoire nous apprend qu'il n'eût pas été le premier chien de ce grade. On entoura la décision de quelque pompe et l'exécution de quelque cérémonie. Le caniche n'avait point trop l'air de savoir ce qu'on lui voulait et d'apprécier comme il convenait le grand honneur qu'on lui décernait.

Cette ignorance n'en donnait que mieux à l'attitude de Barbuche la dose de modestie exigée par le bon goût.

Ce brassard — et pour cause, — Barbuche dut le porter à la patte, et ce fut sur une patte de devant, celle de droite, à défaut de la gauche, que l'on assujettit un vieux galon d'or défraîchi. Barbuche se débattait, et même beaucoup. Cette fois, sa modestie semblait se révolter et il fallut le contraindre, afin que son refus ne devînt pas une insulte au régiment. Ainsi chevronné d'une ligature d'or, il ne se résigna toutefois pas de bonne grâce à cet honneur; il tenta même et presque aussitôt, mais en vain, de se dégrader, en s'escrimant des pattes de derrière, du nez et des dents.

Fougasse avait reporté sur son chien la part d'affection, maintenant sans emploi, qu'il avait vouée à Petit-Jean.

V

Le chagrin et le découragement s'étaient emparés du sergent. Il n'avait plus goût au métier, à rien par conséquent, car le métier des armes était tout pour lui ; le reste après n'existait pas. Hors les villes de garnison, il ne se savait pas de pays natal ; hors le régiment, il ne se connaissait pas de famille ; hors l'exercice et la manœuvre, il se sentait inhabile à faire œuvre de sa cervelle ou de ses dix doigts. Ayant grandi et vécu dans l'armée, tout semblait indiquer qu'il y dût mourir.

BARBUCHE FAISAIT DE RÉELS PROGRÈS.

Hé bien, non. La perte de Petit-Jean avait changé ses idées, ses préférences, ses intentions. Depuis la bataille de Marignan, il avait trouvé, dans son existence, des déceptions, des lassitudes, des écœurements, voire des injustices, « toute une poignée de cheveux », selon sa pittoresque expression. La vie militaire avait subitement à ses yeux perdu de son prestige et de son attrait. Il n'ignorait pas qu'il resterait sergent, sergent jusqu'à la fin de ses jours. Qu'espérer et qu'attendre alors? Aussi ne faisait-il plus son service qu'avec indifférence, mollesse, presque avec répugnance. Il était trop honnête homme pour gagner si mal l'argent du gouvernement; cela ne pouvait durer de la sorte. C'est pourquoi li prit la résolution de quitter le service. Il vivrait à la grâce de Dieu, car il n'avait ni champs au soleil, ni rentes sur l'État, ni économies, ni espérances. Excepté sa balafre sur la figure, aucune blessure sérieuse en cinquante ans et après tant de batailles. Vraiment, c'était n'avoir pas de chance. Il eût bien échangé un bras ou une jambe cependant, lui aussi, contre un bout de pension. Ce bout de pension fût venu à point pour les faire subsister, Barbuche et lui. Maintenant, à son âge et bon à rien, quand les forces diminuent, quand les besoins augmentent, ce n'est guère le moment d'aller chercher fortune. Il ne sait ni A ni B, ni quoi que ce soit. Il n'a personne chez qui aller frapper, vieillir, finir sa vie. Son caniche constitue à lui seul toute sa famille. Encore s'il était seul, lui, il se résignerait à vivre le plus souvent de l'air du temps et à coucher à la belle étoile. Mais n'a-t-il pas un peu charge d'âme? Doit-il jeter si légèrement, si cruellement, dans la pauvreté noire, ce bon et brave chien de Barbuche qui l'a acompagné partout, qui a perdu un membre au service de la France, qui est si aimé et si choyé au régiment. Iront-ils, l'un et l'autre, traîner leur chevrons et leur brassard dans le dénuement, le long des chemins, au petit hasard sans jamais savoir sous quel abri ils dormiront le lendemain?

Que de pensées s'agitèrent sous le crâne de Fougasse! C'est égal, malgré toutes les perspectives fâcheuses de l'indigence, malgré toutes les sollicitations de ses camarades et même les promesses du colonel, le vieux sergent demanda résolument, absolument, son congé. Un dernier scrupule avait failli le retenir : il regrettait de priver l'armée française des bons offices de Barbuche, devenu parfait chien de guerre. Il s'interrogea une fois encore, pour savoir s'il ne laisserait pas Barbuche au régiment. Décidément, non. Son désintéressement et son dévouement ne pouvaient pousser jusque-là le sacrifice. « Que ferait-il seul au monde? »

Il réclama donc sa feuille de route, ce qui lui revenait de son prêt, et prit congé de ses camarades navrés, qui lui donnèrent force poignées de main et qui prodiguèrent des caresses au chien. Vingt minutes après avoir fait ses adieux, Fougasse quitta la caserne, emmenant avec lui Barbuche.

Le pauvre Fougasse — sergent hier, aujourd'hui vagabond, — sans caserne, sans « popote », sans feu ni lieu, était toujours obsédé par le souvenir de Petit-Jean. Ce gamin avait été, dans sa vie, son unique joie et son unique chagrin. C'est pourquoi il résolut d'aller « camper » où il avait connu l'enfant. Il reverrait, en passant, les étapes qu'ils avaient parcourues ensemble; il retrouverait avec bonheur le coin du portail où ils s'étaient vus pour la première fois.

En cheminant sur cette grande route qui commence partout et qui ne se termine nulle part, Fougasse a tourné et retourné mille et une idées dans sa cervelle. « Il ne veut pas mendier. Un ancien sergent! jamais. Il doit donc travailler « de bric ou de broc » pour gagner le peu qu'il faut à Barbuche et à lui-même. » Barbuche le suivait de son mieux sur ses trois pattes, tout triste, tout songeur. Peut-être cherchait-il une combinaison, lui aussi.

Mais son maître a enfin trouvé. Au premier village rencontré, il demande une planchette au charron, qui la lui donne volontiers; à l'épicier, une brassée de ficelle, dont on lui fait cadeau tout de suite. Muni de ce « fourniment », il s'arrête dans un bois, et, tout en partageant une croûte de pain avec Barbuche, il perce la planchette aux deux extrémités, y assujettit deux bouts de bois qu'il coupe dans un buisson, et les réunit l'un à l'autre par la ficelle. Mais auparavant il a tiré un de ses trois mouchoirs de poche, l'a tortillé, bourré de papier, serré en haut et au milieu avec deux brins de corde, si bien que le mouchoir, à trois pas, ressemble à une poupée. Du doigt, frotté au cirage de ses souliers, il a peinturluré le chiffon de quatre taches noires. A distance, l'on jurerait deux yeux, un nez et une bouche. Il transperce la poupée en plein ventre, le polichinelle de Petit-Jean en pleine poitrine et les enfile à la corde. Voilà, dès lors, le polichinelle et la poupée qui, face à face, à la moindre secousse de la corde, danseront, sautilleront, se trémousseront. Pour les mettre en mouvement, il suffit d'une ficelle libre attachée à celle-ci passée au genou de Fougasse. Le vieux sergent, satisfait, a achevé sa besogne. Il fera danser des marionnettes et, de la sorte, assurera son pain quotidien M. et Mme Polichinelle lui paraissent vraiment assez drôles; leurs mouvements saccadés lui semblent amusants. Voyons si Barbuche sera de son avis. Il prétend lui donner sa première représentation et juger sur son chien de l'effet qu'il espère produire sur le public.

« Pauvre Petit-Jean ! soupira-t-il, c'est encore toi qui vas nourrir le vieux sergent Fougasse avec ton pantin. Mais, au fait, et ta baguette de tambour ? C'est encore une idée ! Pour le moment, attention, Barbuche ! »

FOUGASSE PRÉPARA SES MARIONNETTES.

Après avoir invité Barbuche à se tenir tranquille, Fougasse commença à expérimenter « sa mécanique ». Le polichinelle et la poupée entrèrent en danse, l'un devant l'autre. Rien de plus drôle en effet, et de plus imprévu comme gambades. L'ex-sergent, lui, trouva le spectacle admirable. Il en riait tout haut et tout seul. Je dis : tout seul, car Barbuche n'en riait pas le moins du monde. Au contraire. Il tendait les jarrets, dressait les oreilles, avançait le nez, grondant, aboyant, grognant. Il s'approchait soudain du couple bizarre et, soudain, bondissait en arrière. La curiosité faisait vite place à la peur. Il s'accoutuma pourtant bientôt à ce spectacle et parut même s'y complaire, si bien qu'ayant, dans une grimace, montré toutes ses dents, Fougasse resta convaincu qu'il avait enfin ri, lui aussi.

« Cela marchera! murmura-t-il. Maintenant, à ton tour, mon ami Barbuche! On t'a confié des dépêches, tu as fait des reconnaissances; tu es donc intelligent. En ta qualité de chien, tu dois avoir bon cœur; tu portes un brassard d'honneur, et te voilà tenu à quelque dignité. Par tous ces motifs, tu serais honteux, n'est-ce pas, de ne pas aider ton maître à te nourrir, et, pour cela, de te refuser à faire l'exercice avec la baguette de tambour que voici, la chère baguette de Petit-Jean? Tu sais, Petit-Jean?»

Fougasse, ce disant, avait tiré la baguette de son gilet, et, dressant Barbuche contre un arbre sur ses deux pattes de derrière, il lui planta la baguette au port d'arme entre le ventre et la patte de devant. Barbuche résista bien un peu, désobéit tout autant, retombant sur ses trois pattes et lâchant la baguette. Mais Fougasse était patient et persuasif. Il flattait le chien de la main et de la voix — si bien que l'animal, d'abord un peu maladroit, finit par monter convenablement sa garde. L'habitude viendrait à la longue.

« A TON TOUR, MON AMI BARBUCHE! »

« Grâce à Petit-Jean, nous ne mourrons pas de faim, mon gros! »

Les deux libérés se remirent en route : le vieux, plus alerte, presque joyeux; l'autre, paisible et pensif. Ils cheminaient tout droit devant eux, refaisant en sens contraire les anciennes étapes, se reposant un peu partout, sous un arbre ou au revers d'un fossé, couchant dans les granges, mangeant de tout pain et donnant des représentations : ici, devant la porte d'une ferme isolée; là, sur la place d'un village écarté. Les marionnettes n'avaient rien à apprendre de plus; elles avaient joué merveilleusement du premier coup.

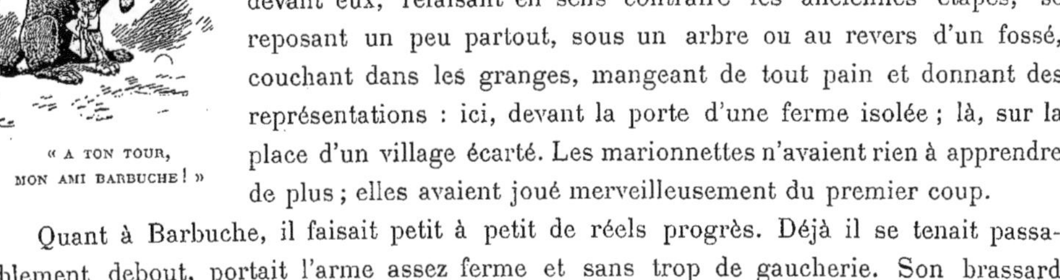

Quant à Barbuche, il faisait petit à petit de réels progrès. Déjà il se tenait passablement debout, portait l'arme assez ferme et sans trop de gaucherie. Son brassard éveillait beaucoup de curiosités, attirait nombre de questions. Fougasse contait alors l'histoire du caniche, quelques bribes de la sienne. Et je vous laisse à penser si on leur marchandait les victuailles et si on les accueillait avec cordialité. Plus rien à craindre de la misère, désormais; l'avenir était moins noir, sans être très riant.

Fougasse avait résolu de s'en tenir désormais à sa première détermination, qui avait été de retourner, par le chemin le plus court, au pays de Petit-Jean, de s'y fixer et d'y finir sa vie. Suivant ainsi son projet, il atteignit enfin la ville de garnison d'où dix ans plus tôt il était parti sergent en activité de service, et où il rentrait montreur de marionnettes en plein vent. Et quelles marionnettes! Cette déchéance — car c'en était une pour lui — l'humiliait un peu, le gênait même, car le pauvre homme tremblait qu'on ne le reconnût. Il en fut quitte pour la peur. Il avait vieilli, il avait blanchi; il était vêtu d'une sorte de houppelande d'invalide et coiffé de l'ancien bonnet de police démodé, le bonnet en petit bateau et que l'on ne rencontrait plus que pendu à quelque crochet de friperies. Et puis, qui diable pouvait se ressouvenir de lui après dix ans, et qui l'avait, d'ailleurs, jamais si intimement connu?

C'est égal, tous les souvenirs d'alors se levèrent sous ses pas d'entre les pavés, comme des nuées de moucherons, à mesure qu'il avançait dans les vieilles rues, où rien n'était changé.

Après s'être logé dans une pauvre auberge, Fougasse ne résista pas à la tentation de revoir sa caserne. Rien n'y était changé non plus, ni dans les vastes bâtiments ni dans la grande cour. Au portail, comme jadis, la troupe de gueux et de pauvresses attendait une écuellée ou une potée de soupe. C'étaient à peu près les mêmes, avec quelques vieux en moins et quelques nouveaux de plus. Aucun ne se rappela le vieux sergent. Tous le regardèrent même de travers comme un rival inquiétant.

Mais Fougasse peut acheter sa soupe, Dieu merci, grâce à ses marionnettes, et tant qu'il pourra les faire danser et Barbuche se tenir sur ses deux pattes de derrière, les deux amis ne demanderont qu'au travail leur maigre subsistance quotidienne. « N'est-ce pas, Barbuche? » Ah! bien oui, Barbuche. Il avait reconnu la cour de la caserne et il y était entré comme autrefois. Mais, contre ce caniche mutilé, les hommes de corvée s'étaient aussitôt insurgés de la voix et du balai. Pauvre Barbuche! Il dut vivement regagner le portail et rejoindre son maître, ne comprenant rien à cet accueil et interrogeant Fougasse d'un œil malheureux. « On ne nous connaît plus et on ne nous aime plus là dedans, mon pauvre Barbuche! lui répondit mélancoliquement son maître; ils n'ont ni respecté, ni même regardé ton brassard! Si j'étais encore en activité, il en eût grêlé des punitions! »

LES SOLDATS CHASSÈRENT BARBUCHE.

Fougasse soupira — mais au souvenir surtout de Petit-Jean qu'il revoyait là, si gentil, si triste, si affamé, à sept ans, avec son polichinelle sous le bras et ses deux mains dans ses petites poches.

Fougasse se décida à exploiter la ville avec les talents de son chien et la drôlerie de son théâtre, ainsi qu'il qualifiait pompeusement sa planchette et ses deux poupées. En ce moment, il lui était doux de séjourner dans les lieux où il avait rencontré Petit-Jean. Il prendrait ensuite un parti.

Le vieux sergent promena donc son théâtre dans la haute et dans la basse ville, donnant des représentations aux paysans et aux enfants, les jours de marché et les jours de congé. Sa grande taille, sa bonne mine balafrée, sa longue houppelande d'invalide, son antique bonnet de police, ses boniments et sa gaîté prévenaient en sa faveur tout d'abord. Ses poupées si amusantes ensuite et finalement son chien à trois pattes emportaient d'assaut tous les suffrages. Les sous des marchandes de légumes, des militaires, des écoliers et des désœuvrés pleuvaient sur le pavé, dans la coiffure en petit bateau renversé. Fougasse et son chien vivaient donc sans peine et sans privations; la pipe du sergent était toujours bourrée de tabac.

« BONNES GENS, ARRÊTEZ-VOUS ET REGARDEZ! »

Un soir de marché, Fougasse s'était installé à l'angle d'une place où, sous des tentes provisoires et sur des étalages volants, on vendait toutes sortes de menues marchandises sans grosse valeur. Un cercle de villageois l'entourait. Tout le monde était très désireux de voir ce que montrait ce vieux bonhomme et d'entendre ce qu'il disait. Ce qu'il montrait, vous le savez déjà; ce qu'il disait, le voici à peu près :

« Bonnes gens, braves gens, ne craignez pas de vous arrêter en passant, de regarder quelques instants et vous en aurez pour votre argent. Cela ne vaut pas plus de cinq centimes, que vous ne nous jetterez qu'après le spectacle, s'il vous plaît, et si vous pensez que tout travail, humble soit-il, mérite salaire.

« Si je vous racontais de fil en aiguille ce que nous sommes et ce que nous avons fait, mon chien et moi, vous nous regarderiez avec quelque satisfaction, stupéfaction, admiration, et vous auriez bien raison ! Nous avons été soldats, et de fameux soldats, allez. Voilà qui vous étonne ? Mais je pourrais vous mettre sous les yeux nos congés, feuilles de route et autres pièces ici présentes dans l'étui de fer-blanc qui me pend le long du flanc. »

Et Fougasse frappa de la main sur l'étui ci-dessus mentionné.

« Qu'il vous suffise de savoir que nous avons fait la campagne d'Italie et brillamment, je m'en vante pour lui et pour moi. J'eusse été sous-lieutenant, moi, si j'avais seulement su distinguer l'A du B, ce qui est pour vous, les parents, un enseignement, et un encouragement à élever convenablement vos enfants. Mon chien est un caniche, vous le voyez, et il s'appelle Barbuche, je vous l'apprends. Il s'est si bien comporté à la bataille de Marignan, où il a perdu une patte, qu'il a reçu du régiment pour sa belle conduite un brassard d'honneur que sur son unique patte de devant, bonnes gens, braves gens, vous pouvez admirer présentement avant d'admirer ses talents. »

La foule rit, ne voyant en tout ceci qu'un boniment amusant. Fougasse laissa rire quelques secondes, puis reprit la parole :

« Nous allons vous représenter, bonnes gens, braves gens, *la danse du ménage* exécutée par M. et Mme Polichinelle. C'est un spectacle plein d'enseignements et vous reconnaîtrez promptement la haute vérité et la haute philosophie de l'agrément dans le mariage qu'ont, réciproquement, la femme et le mari conjointement. Attention ! la danse commence. N'en perdez pas un mouvement. »

Fougasse se mit alors à faire manœuvrer ses marionnettes. Sur la planchette, le long de la ficelle, selon que s'accélérait ou se ralentissait l'impulsion, le polichinelle au singe noir et le mouchoir en forme de poupée mêlaient des culbutes insensées à des vis-à-vis plus tranquilles. Ils se heurtaient, se renvoyaient, évoluaient, tête en bas et pieds en l'air, puis, se rapprochant, recommençaient à se choquer, à se fuir, à cabrioler avec des postures bizarres, des contorsions folles et comiques. Ce spectacle était irrésistiblement drôle.

Tout en faisant manœuvrer avec entrain ses marionnettes devant les spectateurs attentifs, Fougasse accompagnait chaque péripétie de la *danse du ménage* d'une sorte d'explication qui faisait rire aux éclats tout son auditoire. Par exemple, *le singe noir était le noir souci* que tout époux *aussi* portait sur son « *dosse* » comme Polichinelle sur sa *bosse*.

« Maintenant, bonnes gens et braves gens qui m'écoutez, le caniche Barbuche, dont les talents militaires sont bien connus de toute l'armée française, va vous en servir un petit échantillon et porter les armes devant l'honorable compagnie, avec une baguette de tambour dont l'histoire, si j'avais le temps de vous la raconter, vous causerait un étonnement profond et vous arracherait des cris d'enthousiasme ainsi que des larmes de pitié. »

Ici la voix de Fougasse faiblit et tremblota. Il lui rendit vite quelque fermeté : « Allons, Barbuche, mon ami, hop ! debout sur les deux pattes d'arrière-garde, et de la patte antérieure que vous ont laissée MM. les Autrichiens, portez armes ! »

LA PAYSANNE AVAIT L'AIR TRISTE.

Au premier commandement, Barbuche en effet s'était dressé sur ses deux pattes de derrière; au second, il serra l'arme résolument contre son ventre, piétinant légèrement sur place pour se maintenir debout, le nez en avant, les oreilles pendantes, et les yeux cachés sous les longs poils qui lui couvraient le museau.

Le caniche conquit du coup toutes les sympathies et toutes les commisérations, parmi les femmes surtout. Et ce furent les femmes qui, les premières, se décidèrent à jeter leur sou dans le bonnet de police. Les hommes suivirent l'entraînement, et les menus ronds de cuivre tombèrent pressés dans le petit bateau et autour.

Fougasse leva la recette, et, son bonnet de police dans le creux de la main, il remercia la généreuse assistance d'avoir compris que l'illustre Barbuche et le sergent Fougasse n'étaient pas, dans la tourbe des charlatans en plein vent, « de vulgaires forains ».

La foule se retira, s'écoula, et il ne demeura plus là qu'une femme dont le regard fixait avec insistance le polichinelle au singe. Elle portait le costume des villageoises de la banlieue et pouvait bien avoir une quarantaine d'années. Une étroite coiffe plate, de gros sabots non vernis aux pieds, un rustique panier au bras, elle offrait un certain air de pauvreté dans sa mise et de douleur dans ses traits qui frappait. Ses cheveux étaient presque blancs, ses paupières très rouges. Certainement elle avait dû jusqu'ici, le long de son existence, bien souffrir et bien pleurer.

Le caniche s'était tranquillement assis sur sa queue, et Fougasse, attentivement, comptait le gain, sou à sou, du pouce et de l'index. La femme restait toujours là, absorbée dans la contemplation du polichinelle qui, fripé par dix ans d'aventures, n'en riait toujours pas moins.

Fougasse avait à la fin remarqué cette paysanne, penchée sur son « théâtre ».

« Cette brave femme est plus « simplette » que les autres, voilà tout », murmura-t-il en hochant la tête.

ON PARLA DE PETIT-JEAN.

Il la laissa donc faire et ne s'en occupa point davantage. Toutefois, la recette comptée et empochée, comme il retrouvait cette femme à la même place et dans la même attitude :

« Eh bien, la mère? Ils vous agréent donc bien, Madame Polichinelle et son homme?

— Lui surtout! répondit-elle avec un sourire si triste et un si gros soupir. Il est tout à fait comme celui que désirait tant mon petit et que je lui avais acheté.

— Tiens! dit Fougasse en dressant l'oreille. Si vous la regardez de cette façon, ma marionnette, et parlez si dolentement, c'est qu'il est peut-être mort, votre petit?

— Non, mais perdu. Voilà dix ans de cela, et....

— Hein?... » interrompit brusquement le sergent.

Et il reprit vivement :

« Comment s'appelait-il?

— Petit-Jean.

— Petit-Jean? »

Fougasse s'était mis debout en un tour de reins, et il restait là, abasourdi, comme si quelque chose de lourd lui fût tombé sur la tête.

« Oui, mon Petit-Jean, hélas! qui était venu du village à la ville — on l'a vu, — et qui, depuis, ne s'est jamais retrouvé.

— Quoi ! vous êtes la mère de Petit-Jean?

— Est-ce que vous l'auriez connu, recueilli? Où est-il, où est-il? »

Le sergent sentit tout à coup les rides de son visage pleines de larmes, et il tendit les deux bras à la pauvre femme.

« Embrassez-moi, dit-il. Il m'a tant embrassé, lui, et vous retrouverez certainement de ses vieux baisers dans ma barbe! »

« EMBRASSEZ-MOI ! »

La paysanne l'embrassa sans savoir ce qu'elle faisait. Elle était toute pâle ; elle tremblait à tomber.

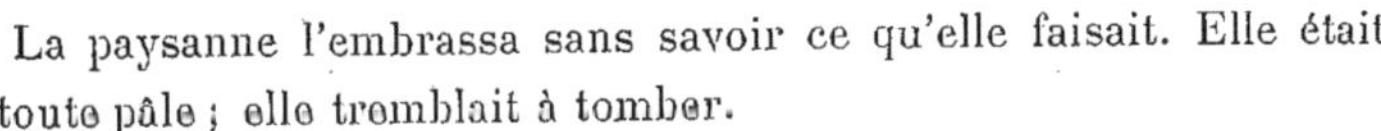

« Où est-il? Dites-moi où il est », répéta-t-elle.

Fougasse baissa et hocha la tête.

« Hélas !

— Il est donc mort?

— Oui... et quel brave enfant! Il était devenu soldat, tambour, et il est mort en vieux de la vieille, et décoré comme un général. J'en avais fait mon enfant. Et tenez, mon chien, là, l'aimait bien aussi. Si vous aviez vu comme ils étaient d'accord! Barbuche? appela-t-il; Barbuche, c'est la mère de Petit-Jean ! ».

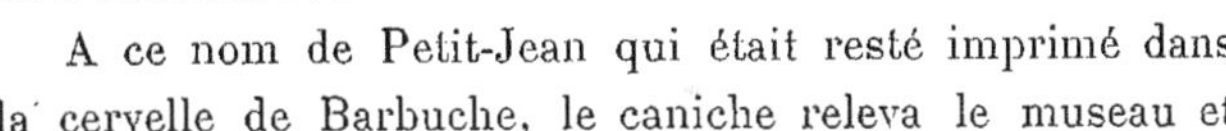

A ce nom de Petit-Jean qui était resté imprimé dans la cervelle de Barbuche, le caniche releva le museau et pointa les oreilles en regardant son maître; puis il reprit sa posture mélancolique, méditative, silencieuse. Fougasse ne voyait pas que la malheureuse paysanne allait se trouver mal et qu'elle sanglotait à se rompre la gorge.

« Mon cher Petit-Jean! Mon pauvre Petit-Jean! balbutiait-elle.

— Ah! je vous trouve enfin, la mère. Depuis dix ans je pense toujours à vous, et, ici, je vous cherchais presque. Tenez, voici la baguette de son tambour, à cet enragé-là, et ce polichinelle est parfaitement le sien, le même. Vous le reconnaissez bien, n'est-ce pas? Il a seulement, comme nous, un peu vieilli et s'est défraîchi en vieillissant.

— Alors il n'a jamais perdu son polichinelle?

— Jamais perdu! Jamais quitté!

— Il en avait eu si grande envie, Monsieur le sergent! Et vous dites qu'il était décoré de la croix, comme un général?

— Oui, et qu'il l'avait méritée, gagnée, archigagnée, je vous en réponds!

— Comment! Mon Petit-Jean! A son âge, ça ne se voit guère, ces choses-là?

— Pas trop, et vous pouvez en être fière, de votre galopin. C'est le colonel qui vous en débiterait là-dessus des phrases d'une aune!

— Venez! venez chez moi, tous. Je demeure dans un village, pas loin, à vingt minutes de chemin. Venez! Je suis pauvre, mais nous souperons tout de même. Nous parlerons de lui. Il faut que vous m'en racontiez long. O mon Dieu! mon Dieu! est-il donc possible que mon pauvre Petit-Jean soit retrouvé et qu'il soit mort?

— Je veux bien; nous allons avec vous. Moi aussi, j'ai besoin d'en parler, de Petit-Jean.

— Que vous êtes un vieux brave homme, vous, et qu'il est un brave chien, votre chien!

« Son polichinelle? — Ah! je voudrais l'embrasser. Mais je n'ose pas devant tout le monde. Venez vite, vite! »

FOUGASSE ÉPOUSA LA MÈRE DE PETIT-JEAN.

Fougasse et la paysanne larmoyaient à qui mieux mieux. Lui, eut bientôt pris son théâtre sous le bras, et les voilà partis, Barbuche suivant machinalement, tranquillement, comme toujours.

Vous comprenez que je ne puis vous rapporter ici, par le menu, tout ce qui, de part et d'autre, fut dit et redit sur Petit-Jean. Ce serait beaucoup trop long et j'en omettrais certainement davantage. Dans la masure de la lavandière, devant une table étroite, chargée d'un maigre repas, on passa toute la soirée et une partie de la nuit à interroger et à répondre. Comme la mère et le sergent l'aimaient, Petit-Jean! Comme ils firent son éloge, et comme ils le pleurèrent! Sur ce qu'on avait ressassé deux fois, dix fois, il fallait quand même revenir et l'on recommençait invariablement sans se fatiguer jamais de répéter et de réentendre.

Il n'y avait plus de vin dans la bouteille, plus d'huile dans la lampe, plus de salive dans le gosier, et il était très tard. La mère de Petit-Jean ne voulut pas laisser s'en aller à la ville le maître et le chien, puisqu'ils devaient « retourner » le lendemain. Fougasse dut, bien qu'il s'en défendît de toutes ses forces, coucher dans le lit que la veuve lui abandonna. Elle s'assit dans un fauteuil, près de la cheminée, et le caniche s'étendit devant l'âtre. « Ah ! l'excellente femme ! » ruminait Fougasse. « Ah ! l'excellent homme ! » songeait la lavandière.

Fougasse et son hôtesse recommencèrent, le lendemain, à parler de Petit-Jean. La mère, cette fois, narra de point en point ce qu'elle avait fait pour pouvoir donner le polichinelle à Petit-Jean, son désespoir quand, après quarante jours de fièvre et de délire, on n'avait pu ni lui rendre son enfant ni lui en rien apprendre, ses tortures depuis dix ans après quelques recherches inutiles. Elle espérait toujours néanmoins, et maintenant elle savait qu'elle ne le reverrait plus. Le sergent sentait sa poitrine éclater de sanglots comprimés et il la trouvait admirable, cette mère — une martyre! une véritable sainte!

A son tour, il dit, lui, ce qu'il était, où il en était. Elle lui apprit encore son métier et ses fatigues, et sa solitude, et sa pauvreté. Le soir de ce jour-là, ils se connaissaient aussi bien que s'ils se fussent connus depuis quarante ans.

Barbuche, malgré son intelligence, ne comprenait plus rien à ce qui se passait et s'étonnait qu'on ne le fît plus tenir sur ses pattes et qu'on ne lui fît jamais porter les armes. Mais, comme après tout on ne lui commandait rien et que, depuis hier, il mangeait plus qu'à sa faim, il semblait ne s'inquiéter de rien.

Le sergent regrettait de n'avoir point rapporté la croix d'honneur de Petit-Jean, mais le pauvre enfant l'avait si chèrement achetée qu'il eût été cruel, injuste, criminel, de la lui enlever. Ma foi, il était enterré avec elle. Fougasse avait, tout au moins, son polichinelle et sa baguette. Naturellement ces souvenirs devaient revenir à sa mère. Elle y tenait certes; mais Fougasse y tenait aussi, non parce qu'ils étaient devenus les instruments de son gagne-pain, mais parce qu'il avait aussi beaucoup aimé Petit-Jean. Cependant ni la paysanne ni le sergent n'osaient aborder ce point délicat, puisque le résultat en devait être si douloureux pour l'un ou pour l'autre. Donc on n'en hasarda pas un mot ce jour-là.

Le lendemain, on se reprit à causer; mais la nuit avait porté conseil. Fougasse et la mère de Petit-Jean avaient réfléchi, raisonné: l'un, dans son lit; l'autre, dans son fauteuil. Sur quoi? Lui, se ferait hacher plutôt que de le dire. Elle, se sentait les joues en feu à la pensée de l'avouer.

Pourtant ce fut elle qui se décida à parler la première, car la langue lui démangeait, et puis.... Bref, elle parla, et clair et net, et courtement et rondement. Je ne vous fatiguerai pas des propositions conjugales qu'elle glissa à l'ancien sergent et des bonnes raisons dont elle les appuya. Vous rapporter les réponses de Fougasse et les mauvaises objections qu'il souleva, serait oiseux. Je me contenterai de résumer le tout et de vous donner la conclusion.

Fougasse était vieux, sans famille, sans pays, sans toit ni foyer. S'il tombait malade, qui le soignerait? S'il devenait infirme, qui le nourrirait? Et, en attendant, qui laverait son linge et qui raccommoderait ses hardes, etc.? S'il venait à mourir, qui recueillerait son ami Barbuche?

FOUGASSE PORTAIT LE LINGE EN VILLE.

La mère de Petit-Jean, elle, était encore solide. Elle n'avait point de parents, elle non plus; mais elle avait un village natal où on la connaissait, l'estimait et l'aidait. Son logis n'était qu'une masure, mais c'était tout de même un logis; elle ne savait préparer que des mets rustiques, mais encore s'en tirait-elle assez bien. A deux, en mettant en commun le travail, la sobriété, l'économie, les souvenirs, on viendrait à bout de la misère et du chagrin. Le caniche prendrait ses invalides; il ne fallait pas compter qu'il pût sur trois pattes et jusqu'à la fin vagabonder de par le monde. Enfin — et c'était le principal — on parlerait ensemble de Petit-Jean et l'on jouirait en bons époux des deux seuls et chers objets laissés par l'enfant: le polichinelle et la baguette. Quoi de plus naturel que la vraie mère de Petit-Jean et son père adoptif s'associassent jusqu'à la consommation de leurs jours pour s'entretenir de lui, conserver sa mémoire, partager les regrets, puisque l'un et l'autre l'avaient chéri d'une égale tendresse?

Conclusion : il était juste et sage, pour la veuve et le sergent, de se marier. Fougasse consulta pour la forme son caniche, qui en pensa ce qu'il voulut, mais n'en souffla mot, comme bien vous pensez. Si de quelques indices il fut possible de croire à son consentement, c'est de la profusion de ses caresses à la mère de Petit-Jean, qui, de son côté, ne lui ménageait pas les siennes. Il s'était, du reste, installé dans la maisonnette comme chez lui, paraissant avoir flairé, soupçonné, deviné qu'ici devaient s'arrêter ses pérégrinations et se terminer sa vie publique.

Quelque temps après, M. et Mme Fougasse étaient unis, bénis, réunis, pour ce monde et pour l'autre. Elle, lessivait, savonnait, lavait plus que jamais ; lui, recevait et rendait le linge à la ville, invariablement flanqué de Barbuche qui, toujours galonné et partout choyé, engraissait à vue d'œil.

Fougasse avait démonté son petit théâtre ambulant, deux fois inutile aujourd'hui, et comme gagne-pain, puisque les deux époux vivaient de leur buanderie, et comme satire du mariage, puisqu'ils faisaient un excellent ménage.

Ils étaient parfaitement heureux— tous trois — Fougasse, sa femme et Barbuche, quand je les connus. Depuis, j'ai vécu si loin d'eux que je n'en sais plus rien. Peut-être vivent-ils encore. Quoi qu'il en soit, je suis bien convaincu que, dans un monde meilleur, les âmes de M. et Mme Fougasse retrouveront avec joie l'âme de leur cher Petit-Jean. Quant au caniche....

Eh bien, vrai, je regrette vivement cette fois qu'il n'existe pas quelque part un paradis spécial pour les bonnes bêtes, lorsque je me rappelle surtout la patience du bœuf, la douceur du mouton et la fidélité du chien.

FIN

5556-93. — Corbeil, Imprimerie Éd. Crété.